在写作中勾勒光影
在绘画中审视生命
遇见一个更新鲜的自己

梦的颜色

孟晓云 著

中国大百科全书出版社

图书在版编目（CIP）数据

梦的颜色 / 孟晓云著 .-- 北京：中国大百科全书出版社，2022. 6

ISBN 978-7-5202-1145-1

Ⅰ. ①梦⋯ Ⅱ . ①孟⋯ Ⅲ . ①随笔—作品集—中国—当代 Ⅳ. ① I267.1

中国版本图书馆 CIP 数据核字（2022）第 085178 号

梦的颜色 孟晓云 著

责任编辑 李默耘
责任印制 李宝丰
出版发行 中国大百科全书出版社
地　　址 北京市西城区阜成门北大街 17 号
邮　　编 100037
网　　址 http://www.ecph.com.cn
电　　话 010-68341984
印　　刷 阳谷毕升印务有限公司
开　　本 880 毫米 ×1230 毫米 1/32
字　　数 121 千字
印　　张 7
版　　次 2022 年 6 月第 1 版
印　　次 2022 年 6 月第 1 次印刷
书　　号 ISBN 978-7-5202-1145-1
定　　价 48.00 元

序言 好花无处不芬芳

——试读孟晓云的字与画

李泓冰

看着眼前年味甚浓的“胖嫂”，以及那些偏远的“穷娃”在画布上淳朴的笑容，我在想象拿着画笔的晓云姐，在创作它们时的心境……不知怎的，有四句诗浮上心头：

但须后事争前事，也或他乡胜故乡。
寻觅英雄用武地，好花无处不芬芳。

这几句诗，是晓云姐在记者生涯中最重要的作品《胡杨泪》的主人公钱宗仁所写。从某种角度讲，她和钱宗仁是同一类人，英雄用武，好花芬芳，不拘领域不择地方；前赴后继，他乡故乡，时时令人惊喜，总是闪着动人的光芒。

在我眼里，晓云姐一直是个传奇。

上大学的时候，读到署名孟晓云的报告文学《胡杨泪》。那种震撼，不亚于高中时读徐迟的《哥德巴赫猜想》。在“文革”结束之初，他们书写的知识分子个体的悲酸命运，让正往知识分子目标攀爬的我，戳中心灵，也悬起许多从前不曾细想的问号，各种为什么……

《胡杨泪》的主人公，才华绝世，仅仅因为出身，便终其一生求学无门，被放逐大漠，受尽侮辱和损害。极“左”的、僵化的、冰冷的人和体制，千方百计阻挠他有任何可能走向幸福，陷他于绝望之境。同时，也有善良而正直的人为他奔走呼号，据理力争，让他尽可能有施展才华的机会。而最后那只让钱宗仁得见天日并逆转命运的温厚的手，就来自孟晓云。

可以说，这篇报告文学，再一次让国人意识到，即便“文革”结束，即便改革大幕已经拉开，仍有一股强大而顽固的力量，在摧折中国知识分子。原辽宁省委书记李荒读了《胡杨泪》痛心疾首：“左”的思想埋没和摧毁人才，现行人事制度的某些方面又在压制人才。时任中组部副部长的李锐在《人民日报》撰文《请读〈胡杨泪〉——有关落实知识分子政策和组织人事制度改革问题》，指出我们党大彻大悟，提出了尊重知识、尊重人才的政策，这是改革开放和现代化建设的基石。

在我不认识晓云姐的时候，她已经是业界传奇。当初，法拉奇和孟晓云，就是我选择读新闻专业的两个榜样。

幸运的是，我居然有幸成为晓云姐的同事。

因为工作的缘故，慢慢就了解得多些了。晓云姐一直沉潜在地火深处，奋力打捞高贵的灵魂，不独钱宗仁，也不独知识分子，还有改革先驱的市委书记、心系百姓的退休干部、商场打滚的个体户、赛场扬威的运动员以及中学生群体……她塑造了一个鲜活的人物长廊，一个个在泥泞和坎坷中倔强成长的灵魂。从“文革”到改革，国家在重生，很多人的命运也在重生，晓云姐把笔触对准他们，因为她的心里也奔突着地火，她把对改革时代的热爱与激情，一笔一笔地描进她的人物。我想，她的所有努力，就和钱宗仁一样：“希望我们现行的政策稳定，哪怕是半个世纪也好。”

略熟了一些，就发现晓云姐毫无大腕的架子，相当接地气，聊天时不咬文嚼字，都是大白话，话题也很家常。比如我怀孕的时候路遇，她如三姑六婆般端详着我，说肚子尖尖的，肯定生男孩子，让我颇觉温暖——虽然她猜错了，哈哈！

晓云姐退休了。我初闻时很觉遗憾，感觉一个时代似乎正在落幕，那个我们热爱的80年代，渐渐和“晓云姐们”一同无声地离开了人们的视线。

然而，传奇终究是传奇。晓云姐让所有人都跌了眼镜。她重回公众视线，这一次不是“煮字”，而是“泼墨”。

几年前，孟晓云“梦的颜色”主题油画展在北京新闻大厦艺术馆举行。展览分为“地震儿童众生相”“留守儿童众生相”“城市少年儿童众生相”“青春期的自拍”“老照片”“自画像及其他”等系列，共有作品70余幅。

第一次看她的画，实在惊异：一个人的才华原来可以如此四处绽放啊！她画汶川大地震中的孩子、留守儿童、白血病女孩……孩子的苦难最是令人触目惊心，而她的笔端，浓烈的色彩中，处处透着沉静的关爱和悲悯。儿童的眼神总是清澈干净的，爱笑，好奇，依恋。即便眼神有惊恐，有不解，也会在哀愁中感到爱的芬芳。

好花无处不芬芳。正是呢！

其实，也许连晓云姐起初也不知道她的才华究竟可以蔓延到哪里。人才就是这样的，不管命运把他扔到哪片土地，都会倔强地开出最惊艳的花儿。

钱宗仁便是如此，本科考取精密仪器专业，因为不准上大学，成了远近闻名的木工、漆工；文艺创作也是一把好手，还自创过“汉字笔顺号码检字法”；后来进了人民日报社，又努力做一个好记者……

孟晓云也是如此，“煮字”抑或“泼墨”，是她审视人生、表达思想的不同载体而已，境界一以贯之。她以一如既往的平民视角，关注底层、关注那些被苦难折磨的灵魂，她不是居高临下、纡尊降贵的贵族式俯视，她是直接依偎在这些灵魂身边，眼睛相互凝视，喁喁私语，直叩对方心灵深处，挖掘深藏在那里的宝石结晶，一粒一粒捧在手心，让从来无人注视的盐碱地的小草小苗，被阳光细细抚摸，尽情照拂。甚至连技巧，都是一以贯之的。写作的时候，她关注的细节有画面感；画画的时候，每一幅每一笔也让人仿佛能“听”到慈悲的话外音。

也许，初画的时候，晓云姐还颇有些拘谨。这毕竟是她不太熟悉的领域，她在摸索这块土地的“边界”。多年的记者生涯或许会是一种局限，但也给了她更宽广的视野和高度。有 80 年代思想解放的底气，她从来不怕突破自己。有朋友劝她，人物肖像难画，不妨从简单处着墨。她倔强，偏偏主攻人物画。这些年，画风越发独特了，让人一看便被吸引。还是那些草根人物，在她的笔下却都美妙地夸张变形，她满是尊重也满是顽皮的想象力，在画布上放大了这些人物也许自己都不明了的美和善——比如她的“年味渐浓”系列，比如可爱纯朴的“胖嫂们”。

她的画作，与她的报告文学一样，充满暖意，打动读者的无非是真善美，是崇高和关怀，说得形象些，就是总能撞击到读者心中最柔软的地方，让人总能看到生机，看到希望，看到属于 20 世纪 80 年代的人文关怀。

嗯，晓云姐拿起画笔的时候，画的是苦哈哈的人儿，心里却洋溢着色彩缤纷的春天吧！

（作者系人民日报上海分社副社长）

目 录

目录

P 001

《新疆舞》

油画

作于 2012 年

绝世惊红：美丽的瞬间

生活中常有这种场景，你在社区的演出中，遇见一个化好装候场的女演员，红头饰、红眼妆、红唇彩，那一瞥好惊艳；我一个老朋友不时地在手机中晒着他的外孙女依依，突然有一天，小姑娘穿着红色的节日盛装出现，橘红色的中式小袄让人眼前一亮，还有头上两个忽悠忽悠灵动的红绒球。好

靓丽！

于是，我记录下这一个个美丽的瞬间。那红色让我倾心，令我陶醉。

我喜欢红色，它是那么热烈、跳跃，张扬、奔放，明快，无时无刻不撞击着人的心灵；它像一簇簇火苗攒动着，给人以想象和期望，给人一种向上的力量。我被它无穷尽的魅力吸引着。

前些年，在中国美术馆小卖部，我买了两本俄罗斯画家的画册，其中有一本马利亚温的，他喜欢用红色表现农妇。农妇身着大红的衣裙，披着大红的围巾，脸部因为劳作和红衣的映衬，黝黑红润。我真是醉心于那热烈的红，饱满，充盈，高贵。

中国人也有红色情结，每逢节日，或者重大的会议，红灯笼、同心结、红绸子、红衣服、红地毯，一个个中国元素张扬着老百姓喜庆的心情，在他们看来，红色是名副其实的色彩之王，适合活泼、跳动、兴奋热烈的场面，也象征着红红火火的日子，于是他们给红色最高的美誉——中国红。

P 003

《绝世惊红》

油画

作于 2018 年

生活中常有一些瞬间让人心动，比如在北京举办的2008年奥运会，那些穿粉红色旗袍的美女；再比如那些穿着粉红色舞裙、银白色小靴子的新疆小姑娘，都曾让我怦然心动，绘画的冲动令我立即拿起了画笔，记录了美丽瞬间。《新疆舞》等作品就是这样诞生的。

我时常被红色的氛围包裹着。瞬间的美丽很惊艳，瞬间的美丽最入画。

P 004

《舞动的中国红》

丙烯画

作于2018年

50 年前的图画本

我曾在中央直属机关育英小学就读，住校 6 年。当时没有电视，更没有电脑、手机。课余做的两件事，一是读书，二是画画。拿铅笔在纸上涂涂抹抹，画小人儿，于是留下了 13 岁的画作《幼儿园里朋友多》《小学的记忆画》。大人们喜欢问，你长大后的理想是什么，我会毫不犹豫地回答，当作家，当画家。

对绘画的热爱源于孩童时代。从小学到中学，只要中国美术馆有画展，我就背着一个画夹去临摹。初中放暑假，在家门口，坐在小板凳上给邻居的孩子们画像，住宅区的小朋友居然排着队让我画，画完就送给他们，这或许算最初的写生吧，可惜一张也没有留下。记得我当时延误了北京市少年宫绘画

P 007

《幼儿园里朋友多》
铅笔画
小学时的作品

班的考试，拿着自己的画作去，老师居然破格录取了我。当时上课是画小模特，一个大眼睛小男孩端坐在那儿，眼睛一眨也不眨。课下作业就是画同学，画自家的弟妹。

初中，我考上重点中学北京师大女附中。当时正赶上三年自然灾害，粮食有定量限制，学生们吃不饱没精神上课，下午学校经常不安排课程，让学

生们降低体能消耗。有了大把的时间，西单那条街上的首都电影院，门槛都快让我们踏破了；再有闲时，我就宅在家里画画。我买了一个图画本，50多年过去，搬了无数次家，这个图画本居然完好地保存着，像是珍藏着我的一份沉甸甸的梦想。

今天，让我来晒晒这个50多年前的图画本吧。

画同学，画老师，画演出之前的排练，画邻家小妹，画农村的孩子，画《大众电影》上的外国演员；画自己的生活：跳皮筋、做好事、读报纸……对我来说，绘画是最美好的时光。到了初三，功课忙了，绘画的时间也被挤压了。初中毕业时，美术老师动员我考中央美术学院附中，家长不同意，班主任也不同意，说你功课那么好，完全可以考上重点大学的。我自己也不坚定，心中已开始燃烧起当记者的小火苗，于是，当画家的梦想就这样被“扼杀在摇篮”了。几十年后，报社的同事开玩笑说：“《人民日报》多了一个作家，中国画坛少了一位画家！”

虽然画家梦被“扼杀”了，但是对绘画从骨子

P 008

《拉二胡》

铅笔画

初中时的作品

里的热爱，却贯穿了我 40 多年新闻生涯的始终。

参加工作后，虽然远离了绘画，生活被采访和写作填充着。但是，在漫长的岁月中，只要北京有新的美术展览，我就会第一时间去看。主要是中国美术馆，另外就是中央美术学院陈列馆，当时坐落在王府井的一条小胡同里，斜对面是协和医院西门，应该是东城校尉胡同 5 号，人称帅府园，门脸儿不大。80 年代初，陈丹青轰动艺术界的“西藏组画”

《外国孩子》
铅笔画
初中时的作品

展就是在那里举办的，给我留下很深的印象。

每看一次画展，就会在心中荡起一波涟漪，激活我写作的灵感。80年代初，我开始了报告文学的创作，采写了第一篇报告文学《灵魂的微笑》，主人公便是中国著名女国画家周思聪。我喜欢她的画，也喜欢她的人，到她创作室观摩，也去她家拜访。我的那篇作品发表在上海《文汇月刊》，那期的封面就是周思聪。

90年代，我曾为农民画家缪惠新、残疾青年画家张林海“画像”，刊登在《人民日报》上；新世纪我又在《人民日报》(海外版)上陆续发表了关于画家的通讯，分别是石画家杨中有，油画家艾轩，油画家赵以雄、耿玉琨夫妇，也采访了一些美术馆和艺术群落，比如中国台湾地区的朱铭画家美术馆、北京的宋庄画家村……印象最深的是采访艾轩，他是我崇拜的中国写实画派的领军人物，我为他写了专访:《西藏——他灵魂的寄存地》。

没有谁布置，这些选题却那么自然而然地一个个跳入我的脑海。

从工作岗位上退下来，我开始拿起画笔，从大型装置性油画《汶川地震儿童档案》到“留守儿童系列”，从《红军幼儿园的孩子们》到成长中的青少年，一发而不可收。这或许就是命运的安排，让我在即将进入晚年时梦圆绘画。

一幅幅油画创作出来，让我有了一种新的成就感，让我相信人的潜力是无穷的，一切皆有可能。2009年我到宋庄学了8个月的风景画，以临摹大师的绘画作品为主，之后就在家创作人物画。应该承认，兴趣和迷恋是我坚持的动力。

掌握了明暗关系的对比和空间光影的处理技巧，由此产生了新的思想，获得了一种新鲜的视角，也就是像艺术家一样看待事物，审视生命，欣赏生命，从而在绘画的过程中体验和丰富着自己的人生。

当自己也拿起画笔之后，对以前家中挂的画开始挑剔起来，地方不大，就挂自己的吧。当我把临摹的凡高、列维坦、费欣、塞尚、蒙克的画作及自己创作的《漂亮的裙子》《长发妹》“老照片系列”挂在墙上时，有一种满足感。

对油画艺术的追求是无止境的，我将继续下去，并好好享受这一令我陶醉、令我着迷，也令我快活的过程。

《外国女孩》
铅笔画
初中时的作品

青春期的自拍

青春期，是人生的黎明风景。

从这个时候起，少男少女要迎接自身生理的和心理的一系列巨变，要准备迎接纯情的爆发式冲击，要体验神秘的性意识的萌动，要体验独立意识的觉醒，要经历心理“断乳”所蕴含的危机，要发现一个鲜于往昔的情感世界和智慧世界……而这一切，常常使他们既感到新奇和振奋，又往往感到恐慌和困惑。

我创作了四幅“青春期自拍”的组画，因为我太了解处于这个时期的少年了。

20 世纪 80 年代，我用四年的时间采访了大量中学生，他们有的到我家进行过长达七小时的倾诉，告诉我他们成长中的烦恼，告诉我他们的早恋。我

P 015

《红头发蓝头发》
油画
作于 2014 年

写的《多思的年华》《我们与你们》《你在哪里失去了他》，被称为“中学生三部曲”。其中《多思的年华》获得全国优秀报告文学奖，在中学生中广为流传。评论家说我有一双发现的眼睛，发现了一个极富动感的人生段落，一个特殊的群落——中学生。

写中学生，这些作品被称为“少年视角”。我对少年青春视角充满了迷恋，曾经连续几天，长达几十个小时地倾听少年的声音。

若干年后，我不自觉地将这种少年视角引入了油画创作，它令我的绘画作品保持着一份童心和少年感。

《红头发蓝头发》，反映的是青春期孩子的一种叛逆，特立独行，求新求异求变。我接触的少年，大多蔑视权威，咄咄逼人，有着急于独立的顽强。这顽强掺着冲劲，流露出幼稚，却反映出一种生机勃勃的情绪和意识。

一位女中学生说：“长大未必不是一个残酷的过程。希望破灭了，又有新的希望。”这句话生动地表述了青春期骚动不安而又变幻不定的心理状态。这就是我创作《青春期的伤痛》的由来。是的，青春期，这是一个常被人忽略却绝不应当被忽略的人生历程。

当代少男少女们是一个在物质层面上远优于父

P 017

《青春期的伤痛》
油画
作于 2014 年

辈母辈，在精神层面上既充满希望又充满矛盾的群体。第二性征带来的骚动不安，自我意识的形成和自我的迷失，寻梦及梦的破灭，渴望理解和自我封闭，独立和依赖，升华与禁欲，自身的矛盾，与同龄人的碰撞，与师长的碰撞，与社会的冲突，常使他们陷入迷茫，陷入困境。友谊与爱情，生与死，是他们探究的永恒的主题。

这是我创作《他的肩膀可靠吗》的初衷。他们分不清什么是友谊什么是爱情，他们不信任家长，而在同龄人中寻求友谊和爱情，寻求依靠和支撑。

《再不卖萌就老了》，反映了少年独有的幼稚和天真，他们毕竟是十二三岁的孩子，尽管他们以为自己已经“长大成人”。

现在的孩子都喜欢自拍，我视为比较自恋。大部分是独生子女，在家中多受宠，唯我独尊。

我的孙女就喜欢自拍。有一天，我发现了

◀ P 018

《他的肩膀可靠吗》
油画
作于 2014 年

她的一张自拍，已进行了艺术加工，非常漂亮。我用自己的画笔记录了下来。

2015 年 11 月我在北京新闻大厦做了油画个展。策展人比较年轻，他们喜欢我的“青春期自拍”组画，居然用《红头发蓝头发》制作了请柬。

我的朋友，也是我曾经的报告文学责编田珍颖老师，为我的《你的青春晒给谁》一书写了序言。

她说：“晓云正是从少男少女们活泼又躁动、冲动而顽强、新奇却又充满困惑中，去发现他们年轻而充满生命力的内质。甚至在他们那咄咄逼人、目空一切中，发现他们令人欣赏的积极向上的创造力。在这里，‘发现’成为作家的一个难得的能力。

“青春期，是人生的黎明风景，也是一个永恒的主题。而晓云，是人生黎明风景的记录者。”

所有的成年人应该对少年们说，我深深地理解和同情你们的处境和心境，因为我们也都从青春期走过来。我们愿意帮助你们越过青春期的种种难关，愿你们能认清自己、了解自己、把握自己，愿你们从混沌中醒悟，从困惑中解脱。

明智的当代父母，不是把下一代拉入自己的轨道，而是落落大方地让孩子们以今天自主的探索，为明天的理想规划属于他们那一代的蓝图。希望你们朋友式地深入孩子的精神世界和情感世界，关注他们的情感环境、精神状态和个性品质，帮助他们度过青春期这一美好的生命历程。

《再不卖萌就老了》
油画
作于 2014 年

把“留守儿童”放到画框里

近年，与留守儿童相关的报道屡屡刺痛民众的心。对国内留守儿童的数量，一直缺乏权威统计。2013 年全国妇联发布的报告，推算留守儿童人数达 6000 多万；加上 3600 多万流动的未成年人，约占国内 3 亿未成年人的三分之一。也就是说，每三个儿童就有一个处于留守或流动状态。

“留守儿童”，无论是这个名词还是现实，都是时代的产物。它是中国近40年来经济大发展、打工潮、城市化等所伴生的一种普遍的社会现象。

一方面，父母远离故土，外出打工，给“留守儿童”们带来许多无奈和痛楚，也给父母们带来许多的牵挂、思念和忧虑。另一方面，正是这些怀着许多牵挂、思念和忧虑的外出打工的父母，为我国的经济繁荣和大发展做出了卓越的贡献。因此，“留守儿童”理应受到我们的理解、关注和关爱。

这就是我为什么要把“留守儿童”放到画框中的原因。可能我画作中的儿童表现出的无奈和痛楚多一些，但我真正的目的是，希望唤起全社会对他们的关爱。因为他们涉及的不是一两个孩子，也不是一两个家庭，而是成千上万的中国人。看看每年的春运，全国有上十亿人次在流动，就能理解这个问题的重要性了。

在农村，夫妻双双进城打工的大有人在。孩子，有的交给父母，而年迈的父母体弱多病，没有办法

◀ P 022

《小小少年》
油画
作于2011年

《走在乡间的小路上》
油画
作于 2010-2011 年

带孙辈，更没有能力教育第三代；有的是大带小，还稍好一点儿。油画《走在乡间的小路上》，小姐姐背着幼小的弟弟，基本处于失学的状态。而《弟弟睡了》中的小姐姐是个好强的女孩，她把弟弟带进学堂，边哄弟弟边上课，把弟弟哄睡着了再做作业。再看看她的学习条件，一个磨得锃亮的长条木凳便是课桌，令人心酸。

《弟弟睡了》
油画
作于 2015 年

有什么比无法待在父母身边更能伤害孩子？又有什么比孩子没法在父母身边上学更让父母绝望？不是说留守儿童一定会成为“问题儿童”，但缺乏父母的照料与监护，或许会在他们中间出现大量的心理不健全者、行为失范者。

当然，也有的孩子或许是独生子女，没有带弟妹的任务。可是他们自己由于无人看管，几乎成了

《家门口》
油画
作于2012年

“野”孩子，或在家门口晃荡，或在游戏厅打游戏，耽误了学业，于是我画了《家门口》。有几个尚不懂事的小男孩，挤在一个脏兮兮的废旧汽油桶内，开心地玩耍着，傻乐着，油画《桶娃》就这样诞生了。

最难过的是一年一度的春运。在城市打工的父母为了挣钱，选择留在城市，无奈地让自己幼小的孩子参加了这个人口“大迁移”。《离别》反映的是

《离别》
油画
作于 2012 年

孩子陪父母在城市过完春节，乘火车返回家乡，小弟弟还傻傻地不明白自己的处境，而女孩子眼神中不属于她这个年龄的离愁别绪让人心疼不已。

《桶娃》

油画

作于 2011—2012 年

街　拍

在国内的城市里走街串巷，往往不经意的一瞥，会发现一些耐人寻味的现象及有趣的人物。比如，前些年，刚刚流行私人小轿车的时候，人们并不在意品牌，什么夏利啊，别克啊，桑塔纳啊，能有一

《吃棒棒糖的孩子》
水粉画
作于2008年

《乘小轿车兜风的潮女》
丙烯画
作于 2018 年

《成都宽巷子一瞥》
油画
作于 2017 年

部就很风光了。当时的年轻女子还流行染发，我在街上捕捉了这样一个镜头：一个染着蓝头发的女生，乘坐一部小轿车兜风，探出头来，其实是一种炫耀或者叫耍酷。

从这些室外的生活细节，可以观察到小人物微妙的心理，也反映了当下的时尚。

几年前，在东欧六国的旅行中，我在街上看到穿节日盛装的儿童，非常漂亮，在修道院门前看见一个粉衣小童，特别可爱，赶紧拍下来，回国用画笔记录下来，也算是当地的风土人情吧。

《走出国门的女孩》，记录的是在国外旅游的一个中国女孩。说是街拍，其实是我的一个创作。一是出国旅游成为国人的风尚，二是购买国外的奢侈品也颇流行了一段，甚至成为一个人社会地位的象征。我把一个衣着光鲜的女孩安排在巴黎，一幅外国电影的大海报前，电影的名字好像是《巴尔干特快》，台子上放着当时最新款的 LV 手袋。

街拍，可以使我们捕捉城市信息，品味市井气质。两年前，我去了成都，白天的行程被当地主人安排得很满，晚上还有些闲时，去了宽巷子，人潮涌动，旅游的人穿梭其中。巧的是，我的邻居——摄影家小燕也去了成都，她白天拍了宽巷子的大量照片，其中有一幅特别传神地勾勒了城市的魂魄。成都人比较喜欢安逸，极会享受生活，生活节奏较慢，你看，两口子做生意都那么散漫。于是，这个

P 033

《走出国门的女孩》

油画

作于 2011 年

FILM
ARCHIV
AUSTRIA
e Balka

《售楼女》
油画
作于 2011 年

街拍就成了我的油画作品。

绘画教会了我欣赏生命，给了我新鲜的视角、新鲜的态度，一次次迸发的奇想，均化作了绘画的尝试。而街拍，能重现特殊的地域环境、特殊的文化传承中的众生相，组合、拼接，勾画着一个时代一个社会的风俗画卷。

《随笔》
油画
作于 2016 年

《波兰克拉科夫瓦维尔城堡门口节日着装的儿童》

丙烯画

作于 2018 年

学画蒙克

——我眼中的表现主义画家爱德华·蒙克及其作品

不论到哪个国家出差还是旅游，我必去的是当地的美术馆。20 年前，我去挪威首都奥斯陆采访，参观了蒙克博物馆。之前并没有做更多的功课，我们国家的电信那时还很落后，不能上网查询，手机也不普及。我只知道与凡高同时代的爱德华·蒙克 1863 年出生，是挪威版画巨匠、现代表现主义绘画的先驱。

蒙克 80 岁去世，根据遗嘱，他把自己所有的作品无偿捐献给国家，约有 1100 幅油画，4500 幅素描，1.8 万幅版画。

而挪威对本土的这位杰出的艺术家非常珍视。你见过哪一个国家把一个艺术家的头像印在本国的钱币上吗？挪威做到了，非但是头像，而且连同作品都印在了最高面值 1000 克朗的流通纸币上。同时，建造了蒙克博物馆，向世人展示蒙克的作品及其生平。博物馆的一层、二层是他的画作，地下一层是他的生平介绍及相关图片。印象深刻的是地下展厅

《玛丹娜》

临摹蒙克油画

作于 2010 年

的正中，有一个平躺着的石头雕刻的蒙克的雕像，画家像是睡着了一样。

在蒙克博物馆逗留，我欣赏了他的代表作《呐喊》《病中的女孩》《玛丹娜》《生命之舞》《卡尔约翰街的夜晚》等，非常震撼。

直到我退休了，开始了绘画生涯，对蒙克及其作品才有了深入的了解。蒙克有句名言："我不是画我所见到的东西，而是画我所经历的东西。"他的油画作品《病中的女孩》《在灵床旁》《母亲之死》等，多是对童年和少年时代生活的回忆。他说这六部作品从22岁就开始画，一直画到63岁，画了40余年。

我认为，他画的是自己的经历。在挪威一个普通家庭长大的他，很小的时候妈妈就死于肺结核。14岁的时候，他的姐姐索菲也因为肺结核去世了。他目睹了索菲的死亡过程，毫无疑问这是极为痛苦的回忆。他在创作油画《病中的女孩》时几乎处于疯狂的状态：用了"创作——刮掉——再创作——再刮掉"的绘画方法。所以在这幅画中，我们不免会看到明暗斑驳、刮痕零乱、没有细节的情形，但胜在颜色丰富、质感极强、意境深幽，是一件充满精神力量、使人难以忘怀的佳作。也正是这幅作品，开启了蒙克新的创作航程，确立了他的绘画风格。

蒙克创作精力旺盛，常从自己的经历中取材，描绘人的内心感受和生存状态。他的绘画带有忧郁和压抑的情调，对苦闷心理的强烈宣泄式的处理手法，使其在西方近代绘画史上与众不同。一生中，他创作了大量带有悲剧性和感情色彩的作品，刻意地去描写和表现生命、爱情、死亡、痛苦、焦虑和孤独等人类的精神世界。这与他屡遭失去亲人的痛苦、对家族遗传病的恐惧以及对女性渴望而又害怕的矛盾心理息息相关。正是这种绝望的处境，使蒙克与艺术结缘，并在艺术上找到适合自己的表达方式，来满足精神上的一点儿慰藉。他的艺术作品如镜子一样，呈现自己，也呈现整个社会的精神面貌。

蒙克的作品中，创造出许多令人难忘的爱、热情、嫉妒与死亡等形象，被人称为“擅长撕开自己的伤口展示在世人面前”的画家。他以生命、死亡、恋爱、恐怖和寂寞等为题材，用对比强烈的线条、色块和简洁、概括、夸张的造型，抒发自己的感受和情绪。

我喜欢蒙克的*Madonna*，中文翻译为《玛丹娜》。当年在这幅作品前拍了照片。后来不知天高地厚地临摹了这幅油画，至今还挂在我的书房里。《玛丹娜》是蒙克著名的表现主义作品之一，共有五个油画版本，还有版画版本创作于1894至1895年之间。有人说玛丹娜是蒙克的情人，也有人说她是圣母玛利亚。画作中的她，是一名年轻、性感的女子，上身赤裸，正扭动身体。画中人保留了传统圣母像中的平静、自信的神情。虽然双眼闭合，没有正视自上方而来的光源，但身体扭动的方向是面对光线的。

本书作者孟晓云在挪威蒙克博物馆与《玛丹娜》油画作品合影

这被视为是对圣母升天情境的描绘。

不管她是谁，她的美征服了许多人，也包括我。

玛丹娜的曲线美，令我们想起几千年前的美女偶像——断臂的维纳斯。

维纳斯的姿势有一个很高端的名字——对偶倒列，是公元前5世纪，由古希腊人波利克里托斯提出的。这是一种古典雕塑的范式，这个范式的秘诀就是：人物的重心放在一条腿上，另一条腿放松，肩和胯的方向相反，就像维纳斯这样。

不是吗，在《玛丹娜》这幅作品中，我们不仅能看到玛丹娜的曲线之美、平衡之美，以及女神般的高贵端庄，还能从她身上看到人类的柔美和妩媚。这便是外在美与内在美的统一。

爱他们所爱

这次的图文是献给我的朋友们的。其中，有我的同龄人，也有年轻人。有不少人在我困难的时候，

P 043

《冬天里的小浦阳》

油画

作于 2012 年

需要声援的时候，向我伸出了友爱之手，给了我关注，给了我支持，给了我力量。我要回报朋友，感恩生活。用爱心，一笔一笔画，一遍一遍晾，就像是缝制一件衣服，针针线线都是爱。

写作时，每一篇文章都像是我的“孩子”；绘画后，每一幅画也都是我的“孩子”。我是那样急切地期盼着“孩子们”的诞生。

是的，我应该感恩。那么，拿起画笔来吧，去画朋友们的孙辈和儿女，那是他们最心爱的，后代的快乐便是家长的快乐。就让我爱他们所爱，以他们后代的快乐为快乐吧！

一切尽在不言中。

P 045

《阳光女孩诺诺》

油画

作于 2013 年

《“小公主”薇薇》

油画

作于 2010 年

《小海军》
油画
作于 2011 年

《宁宁》

丙烯画

作于 2017 年

P 049

《Emily 小像》

油画

作于 2017 年

《乐乐在家中》

油画

作于 2013 年

P 050

《镜前》

油画

作于 2013 年

红军娃画红军娃

为了标题押韵，只好称自己为娃。不过话说回来，不管多大年龄，在父母面前永远是娃。我父亲是参加过二万五千里长征的老红军，我自然就是红军的娃。

我画红军幼儿园的孩子们，正是红军后代画红军后代。

小学是在中央直属机关育英小学度过的。几十年过去，一年一次的育英同学聚会我必参加。

生活中总有那么一些时刻让我怦然心动。一次聚会中，当翻阅育英学校的纪念册，看到一幅陈旧模糊的黑白照片时，引起我无数遐想，马上有了一股创作的冲动。这不是最好的“红色经典”吗？

在被称为“红色经典”的画作中，我们有太多的对领袖的描绘，有太多大战役的大场面。可是，有谁关注过和记录过战争年代中的红军后代呢？他们稚嫩又可爱的形象多么入画：红军帽、大白手绢，父母用自织自染的布给孩子做的衣服，甚至出现了连裤衣帽的装束。

我开始做调查研究。这个幼儿园的孩子，后来几乎全部到育英小学读书。

《红军幼儿园的孩子们》
炭笔素描
作于 2011 年

2011.9

我拨通育英小学第 2 届校友周稚毛的电话，对方非常热情。说来也巧，她母亲吴文瑜正是当年幼儿园的园长。

我于是得知，照片上的红军帽是当年军需处统一定制的，大白手绢是幼儿园统一发的，别在孩子们的胸前。当时他们三岁左右，中间歪着头的，是她的妹妹周稚林，1943 年生人。后排左一那个挺漂亮的男孩姓顾，现已从部队退休。第一排右边第一个女孩叫胡丽丽，原 304 医院妇产科主任，已退休。第一排右二叫沈丹妮。

从周稚毛那里我还得知，这张照片是中央军委三局局长王诤拍的。他是军委三局的创始人，也是这所幼儿园的创始人。当时只有他有相机。新中国成立后他被授予中将军衔。王苏民是王诤的儿子，原解放军防化指挥工程学院副院长，被授予少将军衔，他和两个弟弟都曾在红军幼儿园待过。

厚重的历史感油然而生。那不仅仅是一张薄薄的已经发黄的年代久远的照片，而是一代人生活和命运的起点，其中蕴含着多少悲欢离合的故事啊。这对我创作《红军幼儿园的孩子们》无疑是一个巨

P 054

《红军幼儿园的孩子们》
炭笔素描
作于 2011 年

红军幼儿园的孩子
2010

大的鼓舞。

这幅画作可能在“红色经典”油画系列中独树一帜。我怀着一种欣喜而又敬畏的心情开始创作。一开始，有人建议我把画做旧，以体现那个已成过往的年代，也有道理。但我却觉得今日画它，不一定要完全复旧，色彩应该鲜亮些，外形夸张些，更有孩子的趣味些，毕竟是60年之后的创作嘛！

主意已定，开始创作。这幅画画得很辛苦，从炭笔素描草稿、丙烯稿放大到涂油彩，几经反复，历时两年，终于成了现在的模样。就像当年做记者写新闻、写报告文学一样，每一篇作品都像是我的孩子，我全身心地投入创作，耐心而焦虑地等待着它的诞生。

后来，这幅画在《光明日报》《文艺报》《新闻战线》等报刊发表，并且成了我第一本画册的封面。中国作家协会中国现代文学馆的朋友计蕾告诉我，她采访著名剧作家胡可时，老先生把我这幅画剪下来贴在日记本上了，说画得好，每个孩子的表情都不一样。再没有什么比读者喜欢自己的画作更让人激动和欣慰的了，不是吗？

P 056

《红军幼儿园的孩子们》

炭笔素描

作于2010年

《红军幼儿园的孩子们》

油画

作于 2010—2012 年

《红军幼儿园的孩子们》
炭笔素描画稿
作于 2011 年

《红军幼儿园的孩子们》
丙烯画稿
作于2011年

舞蹈家沈培艺印象

她更愿把自己看作舞者

1966年出生的沈培艺似乎是为舞蹈而生的。从舞蹈选材的角度审视沈培艺，一米七的个头，细长的双臂，轻灵的双腿，纯真而略带稚气的脸型，都让人感到造化的本意就是让她跳舞的；以艺术批评的眼光打量沈培艺，她的舞姿无论从哪个角度看都有一种雕塑感和玲珑美，其动作哪怕是细微的，都令人感到那是心灵的颤抖、情感的倾诉。

她曾经占据着舞台中心，担任独舞及领舞角色。粗粗算来，她已成功地塑造了数十个舞蹈形象。从履历上看，她1978年考入北京舞蹈学院中专部，六年后转入北京舞蹈学院中国舞系表演专业。1986年，她夺得第二届全国舞蹈比赛表演一等奖，同年毕业。1988年，她以其突出的艺术成就被评为当时中国舞蹈界最年轻的国家一级演员。现在，她是中央戏剧学院舞剧系主任、中国舞蹈家协会会员、中国舞蹈家协会表演艺术委员会成员。

1993年，她举办了第一次个人舞蹈晚会，演出定名为“舞者·沈培艺”，而那时她已是名噪一时的舞蹈家了。对此，沈培艺作答：“舞蹈大师玛莎·格蕾姆临终前对她的学生说，在我的墓碑上只要刻上‘A Dancer’就够了。看到这句话时，我非常激动，这与我的人生追求是那么地吻合，那么令我心仪。“舞者”，一个多好的词，它道出了多少人生况味。我喜欢舞者那种自由自在、顺其自然的感觉，不雕琢、不浮夸、不骄傲、不张狂，非常朴素。”

这就是沈培艺。无论在舞台上演绎多少角色，也无论在自己的行业里得到了多少头衔，她自己认定的身份只有一个，那就是舞者。她说，这是自己从小就为之努力的一个梦。

一个担任多重角色的舞者

是的，沈培艺，这位曾经被媒体誉为“中国古典舞杰出代表”的舞者，40 岁时成立了“培艺艺术基金”，以一位公益人的身份出现在人们的视野中。后又以教师身份任教于中央戏剧学院。2016 年她携“培艺艺术基金”的特别策划《神情——凝视家园》进行世界首演，这是 2012 年在国家大剧院首届舞蹈节亮相的《神色——凝视古典》的姊妹篇。这一次她的身份是导演、艺术总监和编舞者。

《神情——凝视家园》中最重要的作品是《香魂·乡魂》，是沈培艺继 2010 年创作舞蹈诗剧《梦里落花》后的又一部心血之作，以大众耳熟能详的中国古代四大美女西施、王昭君、貂蝉、杨玉环为载体，以全新的视角赋予人物新的生命。从 1996 年

《舞蹈家沈培艺》
油画
作于 2018 年

颇具争议的《女》，到复出时以李清照为表现原型的《易安心事》，再到舞蹈诗剧《梦里落花》和《香魂·乡魂》，沈培艺的创作视角一直围绕着女性主题展开。这并不是巧合，如她所说，“我不是女权主义者，但我的确是非常关照女性这个群体，关照她们生命的个体诉求和内心的需要。在我们这片土地上，女性非常辛苦，她们担负着综合的角色，包括我自己，我是一个妻子、母亲、女儿，还是艺术家、教师、系主任、基金管理人、公益人……我的角色是丰富的，当这些角色集中在一个人身上的时候，不是没有负担的，所以我体恤每一个和我一样生活的女性。”

沈培艺在艺术上是追求完美的，坚守着舞蹈的纯粹与精美。然而在生活当中，她却是纯朴的、平和的、自然的。舞台上，她希望所有观众的目光都集中在她身上，被她吸引，被她打动；而在平日，她却很低调，远离名利场，闲时，喜欢静静地宅在家里。

她说：“舞蹈本身就是一种无声的语言，我在把它传递给观众的时候，我也在同他们对话，同古人、同今人、同所有的人对话。在这个动作的世界里，人们解读了我的语汇；在舞蹈中，我也解读了生命的韵律。”

在绘画中倾听少年

从20世纪80年代开始写报告文学，“少年视角”就伴随着我。我写过《中学生三部曲》，还写过《危险的年龄——中学生心理分析》，其中《多思的年华》曾获全国优秀报告文学奖。

《风雪上学路》
油画
作于2014年

《叹息的书包》
油画
作于 2010 年

我对少年青春视角充满了迷恋，曾经用时几天、几十个小时倾听少年的声音。

作画十年，一开始就把自己的创作题材定位在少年儿童，从地震灾区儿童到留守儿童，再到其他少年儿童众生相，我称这些绘画为“亲爱的小孩”系列。

《女中学生》
油画
作于 2012 年

P 068

《戴老虎帽的小美女》
油画
作于 2010 年

把孙女放到画框里（一）

2008年，我开始跨界画架上油画，零基础起步，定位在少年儿童，以肖像为主。孙女孟雨非（非非）便成了我最好的模特。从小画到大，她活泼、聪明、有灵气，漂亮、生机勃勃。

这次推出的是展现她幼年时期的作品。水粉画《裹花布的女孩》是我比较满意的，那是我的第一幅表现她的作品，用笔放松，表情生动自然，我自己也感到惊喜和意外。

我希望非非有个快乐的童年，于是，在非非半身像的背景上画了三条游动的鱼，画面立马生动起来。我现在明白为什么孩子都喜欢鱼了，因为它们是那么自由自在，那么欢快！非非内心难道不向往自由自在吗？这幅画题目叫《心儿伴着鱼儿飞》。

油画《大草帽》，被专业画家和朋友们看好，自

P 071

《裹花布的女孩》

水粉画

作于2008年

《心儿伴着鱼儿飞》
油画
作于 2008 年

己也视之为得意之作。回想起来，当时的整个创作状态是非常放松的。心态好对画者而言是多么重要！这幅画曾在《光明日报》上发表，编辑从我的一些作品中选择了它。问及为什么，回答是有自己。

《天真烂漫》
丙烯画
作于2008年

《戴上妈妈的花围巾》

油画

作于 2010 年

《大草帽》
油画
作于 2010 年

◀ P 076

《粉红蝴蝶结》

油画

作于 2012 年

把孙女放到画框里（二）

如果说，上一篇文章描述的是孙女孟雨非的幼年，那么《把孙女放到画框里之二》，记录的就是她的少年。从幼年到少年的分水岭是十一二岁，这是一个孩子青春期的开始，是少年的关键时期。孟雨非有些像我小时候，喜欢读书、写作。

孙女孟雨非在16岁生日感言中，对我的评价是："永远能与我玩到一起的奶奶。"

她长大了，越发的懂事，总能给我惊喜。有一年暑假我们一起去看博洛尼亚国际插画展，她在书店里为自己选的书居然是《贾樟柯电影手记》。15岁那年，她开了一个自己的公众号——"南墙修筑大队"。有一次发了一个影评，

P 078

《我赢了》
油画
作于2012年

题目好像是《“无问西东”：少年不死，只是凋零》，文字成熟又没有丝毫的八股气，让我着实惊着了。转发给著名作家李辉先生，看后评价是“这孩子文笔不错”；又转发给著名影评人韩皓月先生，评价也不低，还提了宝贵的修改意见。

她为了见到喜欢的香港作家马家辉，宁可站着听讲，排长队等签名售书，完全是小女生的做派；可

《自拍》

油画

作于 2016 年

是读她发在公众号的文章却是挺老到的，别有一番滋味。我高中同学甘英这样概括孟雨非的“16 岁感言”：“少女的思维，成熟的文笔”，挺贴切的。孙女加入了我 30 年前采访过的北京中学生通讯社，当了一名小记者。她初三时曾在《中学时事报》上发表了一整版报道《我身边的英雄》，写的是一名抗日老战士，也就是我的母亲李逸云。

《奔跑》
油画
作于 2013 年

她喜欢读书，小学就主动报名参加“我爱读书”演讲，之后经常在网上购书，出国旅游也捧着电子书阅读。她告诉我，今年已读了 50 本书，这个暑假读了 10 本。她总给自己制订读书计划，这个学期要读多少本书，这个假期读多少本书。我以为，孙女的灵气和智慧都源于对书籍的热爱。当然，这与我多年的鼓励分不开。我一直认为孩子的作文好与否不靠背书，而靠读书。在她不认字时给她读童话故事，认字后就让她大量地阅读。我就是这么长大的，小学班主任张老师，每天晚上抽出一节晚自习为全班同学读儒勒·凡尔纳的《海底两万里》《格兰特船长和他的儿女们》，培养我们的读书习惯。

像所有这个年龄的女孩一样，孟雨非喜欢自拍，她很有创意，总是令我耳目一新。我根据她的自拍，画了《红头发蓝头发》的油画。这也是我的油画“青春期的自拍”系列中很重要的一幅，在我的个人油画展中出尽了风头，海报是它，邀请函也是它，它成了画展中一道亮丽的风景。

孟雨非，真希望你快快长大，你是我的希望，你属于未来！

《模仿》

油画

作于 2015 年

《千岛湖的游历》
油画
作于 2013 年

《快乐的游乐场》
油画
作于 2015 年

老照片：快乐的时光

李晓红是我的闺蜜，是小学同学的同学，因为都热爱绘画，所以我们成了好朋友。我特别羡慕她的家是一个“绘画之家”。老公李先生是“文革”前中央美院附中的学生，后来参军入伍，没有继续绘画。而他们的一双儿女先后成了中央美院油画系的毕业生，儿子李松松成了著名画家，在北京“798”艺术区有自己的工作室，在国内外举办画展无数。

晓红小时候就挺漂亮的，戴条红领巾，像个小洋人。我先起草了一个铅笔稿，拿给她征求意见，没想到她分享给了老公李先生，她先生真是个挑毛病专家，挑了一大堆毛病：1. 眉骨应突出，眼窝进去；2. 脸偏了，应找好中轴线的位置；3. 右边的辫子应该往外撇；4. 照片上的额头比下巴要突出，而你画的额头和下巴是平的……

真让我无地自容，悔不该呀，晓红一家子都是画家，我怎么可以班门弄斧？静下来细思量，我绘画的过程中除了李伦教授，难得有这样的明白人指点，虽然尖锐，但中肯，直中要害。听取了李先生的意见，我一一修改。最后，油画版的《系红领巾的李晓红》令李晓红非常满意。

《系红领巾的李晓红》
油画
作于2013年

朱卫卫的油画肖像她自己没有看到，因为，她已在2014年的秋天因病离世。她是我的大学同学，她的先生朱维群是我读研究生时的同学。卫卫大学时代是运动队的短跑运动员、独舞演员，十分活跃，一个生龙活虎的人就这么消逝了，可惜啊！我在她的追悼会上家属传阅的朱卫卫生前相册中发现了一幅她幼时的黑白照片，很可爱，与长大后的她很像。我决定为这幅老照片“涂抹”一下。为什么选择绿色和粉色呢？绿，因为卫卫的父亲是军队干部，她从小在部队大院长大；粉，凸显了一个小女孩的娇嫩。而且，这两种颜色是互补色，出来的效果会很好。

说实话，在绘制卫卫油画肖像的过程中，我有些惴惴不安，小心翼翼，生怕不像。令人安慰的是，当彩色的小卫卫跃然纸上时，得到了朱维群的首肯：“太好了，太像了。”他把“卫卫”捧回家，放在客厅的侧廊，逢人便介绍，这是孟晓云的作品。

《儿童时代的朱卫卫》
油画
作于 2015 年

《闺蜜苏霞的少年时代》
油画
作于 2015 年

《少女时代的孟红坤》
油画
作于 2013 年

《儿童时代的孟晓云》

油画

作于 2013 年

《刘甘栗的红领巾时代》
油画
作于 2015 年

《小师妹孙莹》

油画

作于2009年

完美，意味着放开

《长发妹》是我试图“破”的一个尝试。几年前，我总结七年的学画经历，感觉自己的弦绷得太紧，太拘谨，心态不放松。画如其人，过于认真、较劲、教条，费力不讨好。近几年，我一直试图突破自己，换一种思维方式，换一种画法，放松身心，尽可能把绘画变成娱人和娱己的一个过程。

记得著名画家李伦教授说过，绘画有三个阶段：第一个阶段是“守”，你必须去临摹，要有规矩和门槛；第二个阶段就是“破”，当你有技术和能力的时候，你再去做一些不一样的事情；第三阶段就是“离”，就是完全有自己的一套。

看过一部获得奥斯卡金像奖提名的影片《黑天鹅》，不错的片子。片中的女主角是芭蕾舞演员，是个认真的人。让她扮演黑天鹅，她总约束自己，不够野，放不开。男教练对她说：“完美不是只靠控制出来的，它同样要求释放。”

完美，意味着放开。我就是放不开。画一个朋友的肖像，看她一本正经的样子，背景就用了她在一次会议的现场，到处红旗飘飘，看了很别扭。后来换了装饰的背景，马上觉得画和人都放开了。

画《长发妹》非常放松，我不需要完成什么命题，想到哪儿就画到哪儿，有一种超脱的自由和快感，平素观察、构思的积累在这一瞬间被触发出来。我的老师李伦教授看了，夸我有进步，有突破，说他喜欢，“你过去的画，文学性太强”。其实他说得很客气，应该是新闻性、政治性太强。

由此，我领悟到：应该逐渐回到艺术的本真，艺术凭的是直觉。

林风眠有句名言：“画画的本真就是画画。”法国近代美术家克罗齐说：“直觉即艺术。什么是直觉，不必做思索的感觉。”

《长发妹》1

油画

作于 2017 年

《长发妹》2

油画

作于 2017 年

《长发妹》3
油画
作于 2017 年

天堂的聚会

为了纪念屠岸先生去世一周年，我应他女儿之邀，怀着深厚的感情，尝试用平面的插画形式，用时 4 个月，创作了油画《天堂的聚会》。我把它捐赠给了中国现代文学馆。在 2018 年 12 月 22 日举办的“边写边画——纪念屠岸、高莽先生逝世周年作品展”开幕式上，中国现代文学馆的领导为我颁发了收藏证书。我的归纳是：“文学是我的初衷，绘画是我的跨界之旅。《天堂的聚会》被中国现代文学馆收藏，是它最好的归宿。”

《天堂的聚会》

油画

作于 2018 年

我画《期盼的窗台》

我曾看过一个电视短片，是采访音乐制作人郭峰的。他展示了他的跨界之作——绘画，令我眼界大开。

他的油画有点儿抽象，同样的图案一组一组的，有一种律动、一种节奏，对人有一种冲击力。我突然产生了创作灵感——我为什么不尝试一下这种富有视觉冲击力的绘画形式呢？

比如，我曾画过两个扒在窗台上的留守儿童，很有感觉。五六个孩子扒在窗台上，性别装扮不同，姿势眼神一样，因为他们的心境一样——都在期盼远方打工的父母回家过节。

最初的想法是画一大排。有位年轻美编说，为什么不能交叉呢？老前辈说，你想搞后现代啊。拿不定主意时，我征求画友闺蜜们的意见。她们说，还是一排有气势。也对，错开画，或许有新鲜感，但背景无法处理，似乎孩子们分别在几层楼。

于是，我决定画一排留守儿童。标题为《期盼的窗台》。构图是这样的，五个神态各异的留守的孩子都趴在窗台上，他们穿得不错，房子也不算破旧。父母辛辛苦苦打工的目的，不就是在老家把新房盖起来，同时让自己的骨肉吃得好些、穿得好些吗？画中有的孩子眼神呆滞、麻木，流露出内心深深的寂寞。他们不开心，是因为父母的亲情无人能替代！

看惯了大都市的高楼大厦，都是铝合金门窗，我找不着农村的窗台感觉。于是，我让农村的亲戚拍了几张照片用电子邮件发过来，居然也是铝合金

《期盼的窗台》
油画
作于2012年

窗，据说在当地还不算是好的。后来，我相中了报社大院里的自行车棚，把看车人搭建的小平房速写了一番，拍了些照片，找到了感觉。

人人都知道“少年强则中国强”、儿童是“国家的未来”，未来人口的素质，将决定一个国家和社会未来的成色。

对留守儿童问题最彻底的解决之道，是让孩

《期盼的窗台》画稿 2
油画
作于 2012 年

《期盼的窗台》画稿 4
油画
作于 2012 年

子能与父母生活在一起，有个完整的家。对大多数外出务工者来说，让孩子留守，无论如何都不是一个最佳的选择，只要他们务工的城市环境允许，相信很多家长会带上孩子。城市为其建设者的孩子提供公平的教育机会，也是城市管理者应尽的职责和义务。

对每个家庭来说，只有当孩子与父母生活在一起了，政府才算完成了公共服务的“最后一公里”。

在“最后一公里”没有完成的情况下，我要对在城市打工的父母说一句：春节了，回家去看看你们的孩子，多陪陪你们的孩子！

P 107

《京剧之美》

油画

作于 2017 年

中国元素之美

中国风是以中国元素为表现形式，建立在中国文化的基础上，有着自身独特魅力和性格的艺术形式。近年来，中国风流行于文化艺术领域，如电影、音乐、服饰、建筑、雕塑，等等。

比如，我们常见的泥塑。中国有记载的泥塑可上溯到4000年前，是最古老和最常见的民间艺术之一。在天津、北京、江苏、陕西等省市都有各类特

《穿华服的女孩》
油画
作于 2015 年

色的泥人彩塑传承流派。其中，无锡惠山泥人、天津泥人张、北京韩家泥人彩塑等，都有百年以上的历史传承。记得 40 多年前，我在人民日报社工作时的第一次采访，就是到无锡。下了火车，我径直步行到山脚下的惠山泥人工厂，买了一对惠山“阿福”。对泥塑的喜爱是一以贯之的，后来到天津分社任驻站记者，最喜欢逛的是天津的文化街，走到

"泥人张"的专卖店就挪不动步了，每次都不会空手而归。天津市蓟州区有一位名叫于庆成的泥塑专家，他的作品特别夸张变形，以农民为表现对象，县里为他开辟了一个雕塑公园，我还专程去拜访过他的工作室。

还有服饰。中国人早就将自己的生活习俗、审美情趣、色彩爱好，以及种种文化心态、宗教观念都沉淀于服饰之中，构筑成了服饰文化。在中国的服饰中，我一直偏好旗袍。旗袍，是中国和全球华人女性的传统服装，被誉为中国国粹和女性国服。人们通常把 20 世纪 20 年代看作旗袍流行的起点，很快从上海风靡到全国各地。旗袍追随着时代，承载着文明以及流动的旋律，洋溢着浓郁的诗情，表现出中华女性的贤淑和柔美。穿着旗袍的女性，不仅展示着她的外在形象，也反映着她内在的文化修养。

我还喜欢生肖的图腾。所谓图腾，就是早期人类群体认为与他们有血缘关系的某种动物、植物或自然物，相信它们有一种超自然力，会保护自己，并且还可以获得他们的力量和技能。在原始人的眼里，图腾实际上是一个被人格化的崇拜对象，是部落和族群的象征。

总之，我喜欢观察和捕捉日常生活中所蕴含的中国元素，欣赏它们并用绘画的形式记录它们。

《虎图腾》

油画

作于 2010 年

《旗袍女》
油画
作于 2018 年

《拜年》

油画

作于 2019 年

二胎有感

“二胎”这个主题已在我心中酝酿了许久。母亲、女儿和小弟是绘画中的主人公。核心人物不是二胎小弟，他来到世间不久，被母亲揽在怀中，还很懵懂。重点刻画的是女儿。她是头胎，在计划生育的年代，她是家中的掌上明珠，要风得风，要雨得雨，一切全以她为中心。

现在不一样了，妈妈还是那个妈妈，但她把更多的注意力放在弟弟身上。女孩自从有了小弟后，有一种失宠的感觉，像从前那样撒娇和任性似乎已不可能。

我想表现的正是这个女孩，对母亲既有一种依赖，同时又有一种游离，这种亲昵又落寞的感情十分微妙。

《二胎》

油画

作于 2019 年

喜欢她就画她

绘画是一门艺术。它与新闻不同，不一定反映重大题材，或者热门话题。它有着极大的随机性。往往从生活细节中捕捉灵感，不分高低贵贱，只要是我喜欢的人，统统会纳入我的笔下。

我的画作有几幅便是这样得来的。

那个俄罗斯小模特，在电视里一出现，就吸引

《16 岁的奥地利茜茜公主》
油画
作于 2018 年

了我的目光，超可爱，引起了我绘画的冲动。于是我找到了她的图片，先画了一幅大半身的油画画像，后来又用丙烯制作了一幅小的肖像。她叫什么名字，还真想不起来了。

再有茜茜公主，多年前看过电影《茜茜公主》，便喜欢上这个奥匈帝国的皇后。2018 年夏天，乘游轮到希腊旅行，中间有一站是科孚岛，它以阿喀琉斯宫而闻名。该宫是茜茜公主于 1889 年至 1891 年责成修建的一座夏宫。因为她对希腊神话人物中的“阿喀琉斯”情有独钟。我们上岛观赏了这座夏宫里的绘画、雕塑等种种艺术宝藏，我被二楼陈列的一幅小小的照片所吸引，那是茜茜公主 16 岁时拍的，可爱至极。它被印在阿喀琉斯宫的说明书上，还印在冰箱贴及肥皂盒等纪念品上，我在小卖部买了几样纪念品又珍藏了说明书，回国后动笔的第一幅画便是 16 岁的茜茜公主。

《裙子短了》，是我对亲戚的小女儿孟子婷的描画。从她三年多前一出生，我就观察她。她不爱说话却喜欢跳舞，活泼可爱。刚一岁时奶奶给她买了条大裙子，她就穿着它拍照，显得笨拙可爱。于是，我用彩铅和油画棒画了一幅《街拍——婷婷的大裙子》，她奶奶经常给我发微信，记录孙女的成长。有一天，我发现婷婷穿着裙子跳舞，一年前的长裙变成了超短裙，于是我抓住这个瞬间，创作了油画《裙子短了》。

《俄罗斯小模特肖像》
丙烯画
作于 2018 年

《俄罗斯小模特》

油画

作于 2013 年

《裙子短了》
油画
作于 2019 年

在法国阿尔勒遇到凡高

多年前我就期盼着能拜访印象派大师凡高的故居，我曾阅读他的传记，也曾临摹他的油画，其中一幅便是《星空下的咖啡馆》局部。

终于在 2019 年 6 月如愿以偿，我参加了一个法国深度文化之旅的旅行团，走进了梦想中的阿尔勒，

《乡村的街路》
临摹凡高的油画
作于 2009 年

《海上的渔船》
临摹凡高的油画
作于 2009 年

与凡高的咖啡馆零距离接触。

凡高的名画《星空下的咖啡馆》正是在这里所作，如今这家两层楼的咖啡馆，基本保持着原来的模样，吸引了世界各地众多游客前来一睹画中风采。

我在咖啡馆中逗留，努力想象着当年那个狂热的凡高如何在咖啡馆里速写和绘画。我在 45.9 摄氏度的高温下顾盼寻觅，细细地观察着楼上楼下的复制品及橱窗，又坐到室外的咖啡座上，点了一杯冰咖啡，我相信，这里的一切都有着凡高的体温！

离开巴黎的最后一天，我和小伙伴又如愿以偿地参观了向往已久的奥赛博物馆，四个多小时，与大师的真迹亲密接触。自然也包括与凡高的作品合影，最经典的是《自画像》《奥维尔的教堂》，在这些画作中分明看到了凡高张扬的色彩、生命的呐喊，以及浓得化解不开的孤独。

P 122

《犁过的田地》
临摹凡高的油画
作于 2012 年

《星空下的咖啡馆》局部
临摹凡高的油画
作于 2009 年

《铜花瓶里的皇冠御母花》
临摹凡高的油画
作于 2020 年

《向日葵》
临摹凡高的油画
作于2009年

临摹大师是最好的学习

在十多年的习画过程中，我临摹了大量的大师和名家的画作，主要是油画。这是一个必修的过程，也是使我得益的一个重要方面。大师和名家画作本身就是不在场的老师。我选了数十幅自己的临摹作品，算是答卷，不知是否及格，谨表达对先贤的敬意。

重温我十多年前的绘画笔记，记录了我追寻的足迹。

2009 年 4 月 27 日：

用丙烯临摹俄罗斯画家马利亚温 1913 年画的《农村姑娘维拉》。

学习他浓烈的色彩。橘红色头巾衬托出姑娘脸部的红润。黑色的背景与脸部对比强烈。

2009 年 5 月 24 日：

从今天起，我到宋庄李伦教授的画室开始求教，

P 127

《女合唱团员》
临摹科罗温的油画
作于 2009 年

MZY
2005

每周六、日两天，为期3个月。

先从临摹大师的静物和风景学起。据我所知，大师们学画也是从临摹前辈的大师做起，比如凡高，他在手稿中记录了他临摹过19世纪法国现实主义艺术大师让·佛朗索瓦·米勒的田园画作，也临摹过他很推崇的19世纪著名法国画家劳特累克的画作。

今天我临摹塞尚的静物《蓝色的花瓶》。看起来简单，一只花瓶、一些花和几个水果，可画起来并不易。

2009年5月25日：

去中央美院小卖部买了《雷诺阿画集》、《莫奈画集》及列宾美院的静物画册1—2辑；

下午开始临摹俄罗斯画家科罗温的花卉画《玫瑰与紫罗兰》。

2009年5月26日：

上午继续临摹《玫瑰与紫罗兰》，下午临摹科罗温的成名作《女歌唱家塔·斯·柳芭托维奇肖像》。

2009年5月31日：

继续到宋庄临摹塞尚的静物《蓝色的花瓶》。印象派画家是凭感觉作画的，所以，一个黄色的桌面可以藏着无数种颜色。

2009年6月7日：

临摹的第二幅画，是我从列宾美院的教材中选的，普罗诗金的《花》。这幅画对于初学者是有点复

《奥达斯克的立姿》
临摹马蒂斯的油画
作于 2009 年

杂了，两三个花瓶、上百朵花、斑斓的地板。画花，要画大关系，深处要到位，才能凸显出浅处，才有立体感。

2009 年 7 月 11 日：

在宋庄李伦教授画室完成临摹西斯莱的第二幅风景画《马利港的洪水》。注意要解决空间感，特别是远近虚实的问题，处理好天空和水的关系。

开始临摹莫奈的《阿尔让特伊的红帆船》。

P 130

《金色的秋天》
临摹列维坦的油画
作于 2010 年

2009 年 9 月 15 日：

艺术是相通的。一位著名作家若干年前写了一部短篇小说，叫《麦秸垛》，我想或许是受莫奈油画《麦秸垛》的启发。今读报，发现新书展中有一部法国作家米歇尔·拜拉莫尔的长篇小说《德加的小舞女》，他若是没看过德加的画那才叫怪呢！

我特别喜欢德加的画，特别是《小舞女》。莫奈的《麦秸垛》也在临摹之中。

2010 年 2 月 19 日：

完成了一幅小幅的西斯莱风景画临摹《圣芒美的卢安河畔》，至少画了三遍，赠给我的一个朋友青。

2010 年 4 月 7 日：

完成了临摹俄罗斯某位现代画家的《走路》。临摹是一种学习，而且是一种重要的学习。儿童学毛笔字是从描红开始，其实就是立规矩，打基础。没有这个开始，就没有后来的龙飞凤舞。但从描红到龙飞凤舞是一个长期而不断坚持的过程，否则你也许永远达不到龙飞凤舞的境界。

2010 年 4 月 23 日：

完成临摹俄罗斯画家费欣的人物素描一张，用的是炭条。目的是学他的虚实结合。

2010 年 4 月 24 日：

又完成了一张费欣人物素描的临摹，这次是学他用线条表现面部的肌肉。

2010 年 4 月 26 日：

在李伦教授处求学风景画，之后画人物完全靠自己了，宅在家里自学。

买了一本门采尔的素描集。未来要用 40 个单元的时间主攻素描。

2010 年 4 月 28 日：

完成临摹荷兰画家维米尔的油画《戴珍珠耳环的少女》丙烯稿。画家的画年代已经久远，但笔触比较凝练。我喜欢少女的纯真表情，也喜欢画中色彩的单纯和明净。适合初学者临摹。

2010 年 5 月 8 日：

看完那本门采尔的人物素描集，选了 4 幅，打算 5 月和 6 月临摹《贝恩哈德·屈格勒像》《两个女人的头像》《手持玻璃杯的少女》《灯旁的母与子》。后三幅是名作。最后一幅被称为“有创意并注意整体感”。

阿道夫·门采尔是德国 19 世纪最著名的画家之一，活了 90 岁。本书的编者高宗英认为，重视分析和研究、重于理解是德国素描之基本特征。就连近代德国表现主义的画家们，在无羁绊地主观发挥想象时，也从不放弃对传统素描中严格与理性的把握。可见，我在学画近两年后，用两三个月自学来补素描课是必要的。

2010 年 5 月 19 日：

昨日临摹门采尔的一幅男孩肖像，看似容易，

《奥利卡肖像》
临摹戈留塔的油画
作于 2013 年

其实不易。我画得有些粗线条，主要是缺乏耐心。大师是头发该细密处细密，该粗犷时粗犷。衣服的褶皱更是如此。几笔概括，肩宽圆，脖子稍粗，男孩的特点一下子就出来了。

2010年8月24日：

完成费欣油画《克采卡肖像》的临摹。不知为什么，一临费欣的肖像画我就来精神，画完有一种成就感。

2011年1月23日：

这两天看了印象派画家雷诺阿和毕沙罗的画册才知道：雷诺阿最后是在轮椅上作画，手指变形，但他画到生命的最后一刻。

印象派领军人物——色彩大师毕沙罗，为了绘画，与要他经商的父母断绝了关系。他以卖画艰难度日，还支持七个儿女中的四个从事绘画工作，后来他们中有三个被载入了史册。好一个伟大的画家！好一个伟大的父亲！

毕沙罗曾深情地诉说他对绘画的感情：“绘画令

P 135

《克采卡肖像》
临摹费欣的油画
作于2010年

我着迷。它就是我的人生。还有什么比这更重要呢？当你将内在的高尚彻底融入作品，你就已经找到了一个可以理解你的相似的灵魂，而无须再去找一大群这样的人。”

2011年1月26日：

翻看一本画册，有法国画家乔治·修拉的《马戏团》，读了他的见解，再看画，很受启发。他用色很相配，很和谐。

修拉认为：艺术就是和谐，和谐就是对立的类比。色调指的就是明暗，表现手法就是指按照极明确的法则，使色调、色彩和它的阴影取得视觉调和。

“艺术就是和谐，和谐就是对立的类比”，这话很值得琢磨。

2011年4月19日：

读完介绍凡高的书，才知他是自学成才，不愿循规蹈矩，按传统的习画方式。他临摹了大量名师的画，边临摹边创作，仅在这点上我与他有些许相似。

凡高最后的画作，充满了激情，画笔像是在燃烧，人近乎癫狂，完全与情绪有关。他在感情经历上饱受坎坷，去世时才37岁，正值创作的巅峰。

学画后，我临摹过凡高的五幅画：《向日葵》《星空下的露天咖啡座》《海上的渔船》《乡村的街路》《犁过的田野》。

临摹是一种重要的学习，不仅要学习他的技法，同时要体验他的激情。

《查德布附近的水塘》
临摹塞尚的油画
作于 2010 年

2011 年 6 月 15 日：

近日在读介绍雷诺阿的书籍。他和莫奈一起因贫困种土豆，靠卖土豆来维系作画，让人感佩！

雷诺阿临终前，罗浮宫曾为他一人开放，他坐着轮椅缓缓而行。在这个年轻时多次在此学画的艺术殿堂里，他感到自己与艺术之间，有一种无法言说的亲密。

雷诺阿最喜欢法国著名的数学家、物理学家、哲学家和作家帕斯卡的一句话："只有一样东西能引起人的兴趣，那就是'人'。"

总结得太妙了！我在做新闻记者时，就很关注人，常感叹我们的新闻是"见物不见人"。学画也选择了人物，尽管人们都说，选择油画已很不易，又选择了画人而不是风景，这将更难。因为我喜欢这样的挑战，我和百年前的雷诺阿有共识——再没有比人更生动的了。

2012年3月28日：

近两个月读完《高更艺术书简》，很喜欢这些话：

"像小孩一般传达我心灵的感受，使用唯一正确而真实的原始表达方式。

"正因为野性的气质，他才能画出如此杰出的作品。

"艺术是一种抽象。借着在自然面前沉溺于梦想，而从自然中吸取和挣脱出来的艺术，要多考虑创造而少想结果。唯其如此，才将自身提升至神前，做一个创造者。

"激情创造了生命，而生命的消亡正是因为激情的枯竭。

"那些在黄色背景下的向日葵，我觉得是凡高风格最本质的体现。"

定格在一个美好的瞬间

我喜欢绘画，而我的邻居和朋友小燕喜欢摄影。她虽在某报社做编辑工作，却是一位摄影发烧友，每天背着相机，走到哪儿拍到哪儿，几乎天天都在微信朋友圈分享她的摄影作品。她发在朋友圈里的摄影作品，不时触动我绘画创作的灵感和激情。这种友谊的、艺术的互动，很有兴味。我真佩服她的毅力。动力从何而来？我想应该是源于兴趣，源于对生活的热爱，对大自然的热爱，对生命的热爱。这与绘画是一个道理。果真，小燕谈她的感悟时做了如下的概括："我的摄影之路既是情之所迫，也是趣之使然。"

她喜欢拍风景，拍动物，偶尔也拍人。同样的云、同样的山水、同样的亭台楼阁，在她的照相机下就与众不同，对光和色彩的把控是那么精准到位。我们报社有个金台园，一个不起眼的小公园。小燕能把池中一群小鸭的成长史展现得淋漓尽致，还有坚韧的啄木鸟、美丽的荷花、小巧玲珑的亭子、常年郁郁葱葱的灌木丛等，这些普普通通的花鸟树木在她的拍摄下都呈现出活泼泼的生命力及别样的光彩。

都说这个世界不缺少美，而是缺少发现美的眼睛。小燕就有这样一双眼睛，善于观察捕捉细枝末节，善于发现生活之美。

后来我才得知，她并不是一个一般的业余摄影发烧友，她拿起相机至少有十年的历史了。

2009 年，她随她先生到《人民日报》驻美国记者站（后改为人民日报北美中心分社）工作，记者站没有专职摄影记者，但北京编辑部要求驻外记者在发回文字稿件的同时，也要尽可能发回照片。工作需要，当编辑的小燕便逐渐承担起部分摄影工作。随着新媒体工作的开展，她又承担了视频拍摄、剪辑等工作。一干就是六年多。

她说："这是一个从摸索、熟悉到喜爱的过程。业精于勤。从生疏到熟练，其间是一个不断学习－提高－新挑战－再学习－再提高的良性循环经历。"而在我看来，小燕已然是一个摄影家了。

小燕告诉我，回国后，她发现有着同样乐趣的摄影人已经成为社会中一个独特的群体。他们是一群热爱生活的人。当出门时背起相机变成纯粹的喜欢之后，眼前的一人一物、一山一水、一草一木、一花一鸟、一楼一宇、一云一树、一动一静，透过取景框凝神静气进行记录，竟是那般有趣。小燕说："它们既是永远流动的生活之水，也是恒久凝固的历史瞬间。每日拍摄、整理的忙碌之余，我也愿意将这份欣喜与大家分享。"

《定格在一个美好的瞬间》
油画
作于 2020 年

2020 年 4 月的某一天，小燕在微信中晒出一幅摄影作品，是在金台园中抓拍的。一个骑自行车的红衣少年，逆风而上，定格在一个美好的瞬间。那是她的得意之作。好惊艳！我立马拍案叫绝。

一个红衣少年，戴着非常时期标配的白口罩，不顾一切，迎风骑着自行车，一往无前，动感油然而生。青春的美好曼妙与新冠疫情的阴霾形成强烈的对比。这是多么富于艺术感染力的历史瞬间！

红色的衣服与风中摇曳的绿色树丛互为补色。在一团紫色的灌木及红衣绿树的映衬下，天空变得多姿多彩，与万物浑然一体，你中有我，我中有你。

这个“瞬间”很入画。

小燕多像这个风中飞驰的红衣少年，扛着“大炮筒”，穿梭在山水花鸟中，穿梭在大街小巷中，穿梭在报社的“亭台楼阁”中，奔驰着，追踪着，捕捉着生活中的一切美好。

几天后，我开始了《定格在一个美好的瞬间》的油画创作，改了一遍又一遍。红衣少年的美好年华呼唤着我，小燕对生命、对生活的热爱感召着我，我也要拿起画笔，飞驰，飞驰，跟上这个时代，永不落伍，永远年轻！倾尽全力，把自己的余生定格在一个个美好的瞬间。

与大师手牵手、面对面

——参加油画训练营的感悟

生命有多重可能性，比如当了一辈子的记者，却没有想到退休后会沉迷绘画，又出画册又办画展，古稀之年还上网课，加入油画训练营，一学就是 9 个多月。

最深的感悟就是，人生不管到什么阶段，都要不断地改变自己，寻找自己。

《读书少年》

临摹卡罗琳·安德森油画

作于 2022 年

（一）

在外人看来或许不可思议，而对我来说一切都是那么自然。拿起画笔，我从未感觉自己已迈进老年的门槛，用“走火入魔”“忘乎所以”来形容毫不过分。用著名画家陈丹青的话来形容：“喜欢画画想拦也拦不住。”

自学架上油画到了第 12 个年头，除了开始几个月在油画教授李伦工作室习风景画，之后再无高人点拨，没有什么网课，一直宅在家里自学自画，往前走似乎不知何去何从。

学画初期，临摹过不少世界名师的风景画，自己更喜欢画人物，平日涂涂抹抹的主要是人物。自觉花卉是短板，有机会学学花卉应该不错。近年有朋友告知，现在有五花八门的网课，可以报名。于是，一个偶然的机会，大约 2020 年的 11 月吧，我撞进了韩艳茹——小茹老师的花卉训练营。小茹老师是中央美术学院油画系毕业的高才生，她是艺库平台的主讲教师，办的油画训练营远近闻名，圈粉无数。

（二）

全部是临摹大师画的花卉，马奈的《花中花》、塞尚的《郁金香》、凡高的《铜花瓶里皇冠御贝母花》、雷东的《美丽花瓶中的花朵》……太美了，正

《美丽花瓶中的花》
临摹雷东的油画
作于 2021 年

《雏菊》

临摹罗布格油画

作于 2021 年

合我心意。没有想到接下来的挑战让我措手不及。首先是网课，有生以来头回上，困难可想而知，我的小画室在北屋，而 Wi-Fi 在南屋，南北屋中间夹了一个厅，北屋的信号不好，用流量也无济于事，网课进行不下去了，于是把画室搬到南屋，凭着一部手机小小的屏幕，画完四幅花卉，之后才知晓手机的屏幕是可以放大的，计算机和 iPad 也是可以看网课的。

第二个挑战就是调色。过往画车里二三十种颜色任我随意用，而小茹老师的调色盘上只放了五六种颜色，大红、深红、翠绿、普蓝、群青、黄绿。她几乎每一笔都在调色，听课跟画是跟不上的，先记笔记，主要是记下每一笔调色，之后再慢慢回放。

小茹老师的课节奏很快，每周临摹一幅画，两堂课，每堂课 4 个小时（都是晚上六点至十点），要求严苛，一幅画中间可以交几次作业，每一次的点评她都会把你批得体无完肤。其实，绘画这事不需要太在乎别人的评价，因为它是非常个人的事情，要听从的是你的内心，只有发自内心画出来的作品，才是最能打动人心的。

在临摹大师花卉时，从早晨八九点到下午三四点，要画 5 个小时。为了不间断，中午饭点外卖。一周之内有四五天是这样度过的。我的画友们说“收获与受虐并存”“痛并快乐着”。累归累，我却因沉浸在绘画中，领会了油画无穷而独特的魅力。

（三）

经不住诱惑，又报了小茹老师的一个人物训练营。

为什么要报这个训练营？因为临摹萨金特、伦勃朗、鲁本斯等大师的画，如同与大师手牵手，面对面，站在巨人的肩膀上，让人感到兴奋不已。同时我愿意接受挑战，挑战自己从未画过的人物——老人和男人；尝试自己从未接触过的画法，从左至右地涂色，由深至浅地“推”着画；颠覆自己以往的调色方法……

临摹的6幅肖像画中有萨金特画的老年妇女，有伦勃朗的自画像，有鲁本斯画的侧面中年男子和白胡子老人；而在我过往的绘画中，只有孩童少年与年轻女人是描绘对象。

最后一幅画是临摹鲁本斯画的自己的女儿——《克拉拉·赛琳娜·鲁本斯的肖像》，我虽然画了10年的少年儿童，却从来没有这么深入、立体地刻画过。虽然是正面，但从头盖骨、眉骨、颧骨至下颌骨，大师都刻画了，体现出人物的体积感。我开始反省自身，以往画人物时笔触虽然潇洒，但是相对粗放和平面，不够深入。主要原因是对人体结构研究得不透，素描基础不够扎实。大师鲁本斯这幅画临摹了半个月，我完成了人物训练营老师和自己最满意的作品。

《克拉拉 · 赛琳娜 · 鲁本斯的肖像》

临摹鲁本斯油画

作于 2021 年

（四）

都说唐应山教授教风景画很有一套，2020 年 5 月，听说唐应山在线油画公社的一个训练营五天教一幅画——法国印象派大师莫奈的《吉维尼的春天》，我就报了名。以前也临摹过一些大师的风景画，只是照猫画虎，因此想从唐教授的课中学习一些画风景的方法。

不愧是大学教授，也不愧搞远程教学数十年，他首先介绍印象派画家莫奈的绘画背景，然后分析原作的结构、起型，再找基础色，树、草地、天空、云彩，然后是铺大色，真是痛快淋漓！

跟着他，学会了铺基本色，用扇形笔，树的背光面与受光面的处理，补色在描绘云朵上的运用。他的高明之处在于，不仅教你绘画技巧，还教你绘画的哲理，也称之为“画家思维”，告诉你怎么画的同时也告诉你为什么这样画。比如画树的阳面和背光面，我们在群里与老师共同讨论了一个问题：树的受光面是黄绿基调，很好理解，为什么背光面是蓝紫色呢？从色彩理论上讲，物体阴影部分的颜色应当倾向于该物体的受光部分颜色的补色，黄紫是补色关系，补色用好，色彩会漂亮。在印象派的风景画中，可以发现很多画都有黄和紫的搭配，当然应该是基于色彩理论。

后来才了解到，自 2020 年始，国家开放大学唐

《吉维尼的春天》
临摹莫奈油画
作于 2021 年

应山在线油画公社致力于推动全民终身教育的发展，挖掘人的内在潜能，面向喜爱油画的美术学习者，陆续推出了“向大师致敬—莫奈”“人人都能画出世界名画（基础篇与进阶篇）”等在线艺术教育学习课程。眼下有世界各地约 36000 名学习者注册并参与学习，好庞大的粉丝队伍！我原本以为只有自己在孤军奋战呢。没想到有千军万马的准画家，真是孤陋寡闻！

在绘画训练营，通过不少平台，我认识了不少优秀教师，比如唐应山在线油画公社教学团队的肖飞老师，他是江西科技师范大学美术学院的教授，自己画得一手好画，教学也很有办法。每周末他都在线上举办免费公开课，听课者众，主要是为学员改画。我听过 40 多次，除了涨知识外，还从中体味到他风趣的授课方式及打造师生之间“温暖感”的魅力。当然，在这些平台，我也认识了来自中国及世界各地的油画爱好者，我们建立了微信群，结为画友，互帮互助，交流信息。这些无不使我的生活变得丰富多彩和充满情趣。

（五）

学画初始，如果说临摹大师只是入门，是必修课，照猫画虎，知道应该怎么画了；那么 12 年后，进行了 9 个月的专业油画训练，临摹大师便是深造。那时的我只知其然，不知其所以然，如今的我，有训练营的教学高手手把手地教，像是与大师手牵手、面对面，自然了解了大师为什么那样画了。我突破自己的固执己见，颠覆了过往自己的起型、调色方式，在人物光影处理、结构、体积、骨骼、块面、转折上有了全新的体验。我将会利用大师的经验为我所用。

反思自己的绘画历程，由不自觉到自觉，眼光

《欧洲古典女性》
临摹菲利普·亚列克修斯·德·拉斯洛油画
作于2022年

和技巧都得以提升。我深信，在绘画训练营学到的一切都会潜移默化，变为己有，成为今后绘画创作的新内涵。

灵魂的微笑

“最纯粹的杰作是这样的：不表现什么的形式、线条和颜色再也找不到了，一切都融化为思想与灵魂。”——罗丹（《罗丹艺术论》第9页）

站在日本丸木位里、赤松俊子夫妇合画的《原爆图》巨幅图卷前，秀美的中国女画家周思聪陷入沉思。

这九百多个由于原子弹爆炸而遭遇不幸的人的形象，使她潸然泪下。这些痛苦的生灵在面对死亡时的挣扎，使她的心在颤抖。

站在这举世瞩目的杰作前，一个新的世界在女画家眼前展开了，她听到了人类灵魂的呼唤。

难道，这就是她探索、追求多年的艺术道路吗？

周思聪探索美，追求用美的形式表达美的灵魂。她在艺术创作中也铸造着自己的灵魂。

她内心有一个自己的世界

在中国美术馆的大厅内，我们的女画家在漫步，在沉思。

忽然，她在一幅画前站住了，发呆了。这幅画描绘的是唐山大地震后，解放军带着一群孩子吃饼干，周围的人都在欢笑。在那样巨大的自然灾害面前，人们能发出那样的笑声吗？明明是极度的痛苦，为什么又笑容可掬？

周思聪曾是个倔强的姑娘，她用顽强的毅力、鼓起足够大的勇气去叩那艺术殿堂的大门。初中毕业了，周思聪一门心思报考中央美术学院附中，拿去自己的画，得到了准考证。小姑娘兴奋得脸发热，心咚咚地跳，真巴不得一下子扑向心爱的画的海洋，五彩缤纷的颜料世界。

命运偏偏和她作对。想不到父亲用他那双画过无数橱窗广告的手，砸碎了女儿美妙的梦。

应试那天，周思聪穿上洗得很干净的衣装，母亲为她包好饺子。

“哪儿去？”父亲严厉的吼声响起。

“去考美院附中，我有准考证！”女儿脸上满是抑制不住的喜色。

“你别去！告诉你，孩子，在旧社会，画家有几个得志的！没有官僚做后台，就只能穷困潦倒。咱们这样的平民百姓，谁支持你？一辈子成不了名！”

从旧社会苦熬过来的老画工，刚刚跨入新社会的门槛，还习惯于用旧的眼光看待一切。

“我不想成名，我要画画，我要去！”平常温顺的姑娘变得这般倔强，谁也没有权利扼杀她执着追求的理想，连她亲爱的父亲在内。

“不行！”老画工一脚踢翻了桌子，思聪惊住了。她从没有见过父亲发这么大的脾气。毕竟拗不过顽固的父亲，她被反锁在屋里，考试时间错过了，姑娘失声痛哭……

进入高中，思聪怎么也读不下去，过去各门全优的成绩单上出现了三分。父亲眼看着日渐消瘦、憔悴的女儿，后悔了，心疼了，终于同意她到美院附中当插班生。

在艺术面前，思聪始终像个纯真的孩子，率直坦白，无比执着地追求着。她不愿阿世媚俗，趋炎附势，不肯以敷衍塞责的作品来玷污自己的梦想，她不停息地求索着生活的美和艺术的美。她坚信，真正的艺术家应该冒着危险去推倒一切既存的偏见，而表现自己所想到的东西。

不管周围的世界怎样纷乱，思聪总给自己心田里留下一角，乱中求静，构思作画，不管人家怎样议论，她内心有一个自己的世界，这世界是真、善、美的。

在“大跃进”的年代里，作为中央美院大学生的周思聪，在叶浅予教授的带领下，和同学一起到农村实习作画。在那里，大家很自然地与报纸的宣传、大喇叭广播中的调子取得了一致，以“亩产万斤粮”“诗画满墙”“大炼钢铁”为题作画，描绘农村风光。

周思聪却独自躺在土炕上出神。她病倒了。窗外飘来庄稼的阵阵清香。她打开了记忆的仓库，回到纯真无邪、充满幻想的童年。渤海湾宜人的景色和欢乐的风尚是滋养她的精神食粮。还是在穿小肚兜的孩提时代，周思聪对大自然的美便有了一种近乎执拗的爱。她每天牵着哥哥的手，奔向邻近的蓟运河。河水浑浊而深绿，载着无数沉重的船只，田地发出的幽香伴着运河中湿腻腻的气息。小女孩用心感受着大自然。白云、远帆、绿芽都向她倾吐秘密。她闭着眼，伸着两只小手去迎接大自然的赏赐，生怕从手指缝里漏掉什么。多么天真而诚挚。也许，正是这种天真和诚挚把她带进了绘画的世界……

“闺女，饿了吧，来，喝口鸡蛋汤。”房东大娘那双善良的眼睛在她面前熠熠闪光。她病了，是大娘给她梳头、洗脸、喂药，又送来鸡蛋汤，自己却喝棒子面糊糊。泪水泉涌般地冲出思聪的眼帘，她感到这小屋、土炕是那么温暖，淳朴的乡情别有一番亲切、感人的力量。她觉得有一种人生最美好、最珍重的感情在心中升腾。

周思聪支撑着纤弱的病体，在那盘土炕上挥笔作画了，题目是《我生病了》。

看到平日成绩并不算突出的女学生，竟有着与众不同、出人意料的构想，叶浅予教授按捺不住内心的喜悦：“好，有真情实感，有感而发！”

教授的赞词，不仅是为了那富有神韵而微妙的笔触，也是为了女学生那真挚坦白的心地。

周思聪的画没有奇巧的、虚伪的、想入非非的东西，没有给生活的面貌涂上脂粉，不赶时髦，而是渗透着现实的光泽，力求把生活本然的、真正的美显示出来。她的画和她本人一样，朴素、自然。

《长白青松》正是这样的作品。画面上是两个戴大皮帽子的东北女知识青年，手捧着小松树苗，将其献给母校一位年迈的教师。这幅画给人留下的印象很深，吸引力除了来自绘画本身的美以外，更多的是由于作者火热的心与画中人物结成了不可分割的整体。

周思聪只是一心想画，至于为什么画，会产生什么效果，她当时还无暇顾及。有一件事深深打动了她，激起她创作的欲望。她的小学美术启蒙教师张怡真的女儿潘纹宣牺牲了。这是一个曾在她生活中出现的俊美的、充满青春活力的女孩。纹宣中学毕业后自愿报名到艰苦的黑龙江生产建设兵团劳动锻炼。不幸的事发生了，荒火在草原上无情地蔓延，纹宣和男孩子们一起扑向火海，奋力扑灭荒火，献出了年轻的生命。

多么纯真可爱的姑娘，激奋魂魄的热流在画家心中冲击，她以潘纹宣为创作对象，用画笔雕塑女青年纯美的心灵！每一根线条，每一个色块，都透露出画者的激情，伴随着画者心脏的跳动，思聪的感慨和寄托，理想和追求，都从腕底滔滔汩汩，奔泻而出，一股时代气息扑面而来。

在批判师道尊严的年月，有人居然要把这幅洋溢着生之欢乐、爱之深沉的《长白青松》，当作《园丁之歌》的翻版来批判。

女画家只有苦笑了。

难哪！旧社会中国人物画衰落的原因，是由于统治阶级专制力量的强大，大部分优秀画家不得不逃避现实，像八大山人那样卓越的天才，也只能通过翻白眼的鸟儿来抒发自己的怨愤。那么现在呢，画中国画人物画难，表现现实题材就更难，当初为什么要选择学人物画呢！

是啊，当初周思聪本可以在山水画上施展才能的。大学一年级，李可染教授带着他们去颐和园写生，十九岁的周思聪画了一幅名为《颐和园的一角》的山水画，在第七届维也纳“世界青年联欢节”荣获了银质奖章。分科时，她报了山水科。可大家认为，周思聪人物画基本功扎实，应该去学人物画。就这样，她选择了最难攻克的科目。

难哪！女画家内心深处发出了叹息。打肿脸充胖子的事做不来，画抒情小品良心上过不去，触动人们灵魂的题材又不好寻找。周思聪不再是满足线条组织疏密得当、虚实相符的初学者，她追求人物内心世界的刻画，探索打动人们灵魂的奥秘。

对于人类灵魂的第一次微笑

“我要画！”那稚嫩的呼声仿佛已十分遥远了。

成年后，“画什么”的问题时常困扰着女画家。周思聪试图用一幅幅作品向我们娓娓而谈，倾吐她创作历程中的痛苦和欢乐、失望和兴奋、沉思和激动。

童稚的小脸、逗人喜爱的体态、跳动着欢乐节奏的小脚丫、平凡的生活现象，打动了艺术家的心。于是，儿童形象跳进了画家的构图。《山区公路》《抗震小学》一一走进了画廊，像一朵朵精美的花，蕴藏着画家一生比较平静的日子的意境，把人引到一个童稚的世界，接受一次次童心的洗礼。她那流露出女性秀心的精微细腻的刻画，获得了观众的赞赏；她那浓郁的抒情笔调和诗一般美的绘画语言，引起了画界的注视。

周思聪不满足于这一切。中国艺术历来讲究熔真、善、美于一炉，审美与道德教育结合很紧，人们把审美目光专注到人物的精神气质、神采风度上。女画家苦苦寻找着触动人类灵魂的题材，追求创造更有深度的艺术形象。她懂得，艺术家有着崇高的使命。她要锻炼自己了解世界，以自己的心灵渲染物质世界，向那些同时代人展示出千变万化的感情色调，探索人类的灵魂，使人们在自己身上发现从来不知道的宝藏，给他们以新的理想和光明。

一个偶然的机遇，不，应该说是一个伟大的灵魂向她召唤。

在周恩来总理逝世，举国同哀的日子里，思聪听了人民艺术剧院的朋友讲的一个故事。

20世纪50年代，有一回，总理开完会，已是凌晨一点钟，他到人艺去看望演员们。经过王府井大街，街上静悄悄的，只有一个清洁工在扫地。

“同志，辛苦了，人民感谢你。”总理走上前去，把手伸向清洁工。起初，这位老人没有认出总理，后来认出来，总理已远去了。他手拿扫把，忘情地目送着敬爱的人，眼泪情不自禁地流下来……

伟大的品格，伟大的人！听着这个故事，思聪的眼泪流出来了，一种非画不可的强烈欲望占据了她的心。她和爱人——中央美术学院教师卢沉商量，决定画一幅《清洁工的怀念》，参加全国美展。整整三个昼夜，夫妇俩没有合眼。

羊毫在宣纸上涂抹着。创作的喜悦，不，是沉醉的欢悦流遍全身。仿佛一杯火热的烈酒——一扇门打开了，这就是她企求到达另一个世界的阶梯。她曾在痛苦和绝望中忧郁地孕育过它，在动乱的漫漫长夜中激情地向它呼吁，百折不回地追求它，坚持不懈地期望它，还有比总理更美的灵魂吗？

在完成《清洁工的怀念》后，思聪便开始酝酿另一幅巨作《人民和总理》。其实，1966年邢台地震后，她看了总理视察灾区的影片，觉得总理忧国忧民的形象特别入画。总理蹲在老乡帐篷里问候、站在肥皂箱上演说的形象那么感人，她多想画一幅画啊！然而，当时总理不让用任何艺术形式表现自己，周思聪只好作罢。

1978年11月，她去邢台体验生活，收集素材。地震过去十二年了，总理也去世两年了，可当地老乡一提起总理就痛哭流涕。他们听说为纪念总理作画，曾经见过总理的男女老少踊跃地争当模特儿，十二天的时间，思聪画了上百幅人物速写。

一个八十岁的老大娘，颤颤巍巍地拄着拐杖来了，拉着女画家的手，翻来覆去只是一句话："俺就一个儿子，地震砸死了，总理来看俺了。"据旁人介绍，当时总理问候她、安慰她，她感动得不知怎么好，要给总理下跪，总理立刻把她扶住了。

一个民兵队长动情地向女画家叙说两年前，乡亲们派他当代表赶赴北京为总理送别的情景。

"困难的时候，总理来看望俺们。他去了，俺们怎能不去送他！可是，连这最后的一面也没见着，俺对不起总理，对不住乡亲们哪！"

一个彪形大汉居然在女画家面前号啕大哭！

从创作草图，到完成全画，人民对总理深挚的感情一直激励着思聪。纯熟的墨线在宣纸上回旋曲折，纵横交错，顺逆顿挫，驰骋飞舞。与人民共呼吸，为他们的灵魂作画，画他们的灵魂，这是多么崇高的艺术使命！

周总理来到灾区时，大地还在颤抖，受灾的群众还未完全脱离险境，还处在惊恐的状态中，他们死了那么多父老兄弟、妻子儿女，失去了家园乐土，巨大的灾难使人们痛彻心扉，欲哭无泪。总理来了，使这些受伤而窒息的心灵苏醒和振作起来。

画家细腻地刻画了每个人物的心灵和情感。那手扶断壁残垣、百感交集的老大爷，那受伤而元气犹存的壮年农民……在人们的视点集中处，感情波涛推向一个浪峰——周总理扶住颤颤巍巍的老大娘，他严峻而充满信心的神情，通过特有的手势，把一股巨大的精神力量传给了周围的群众。

连一块强烈跳跃的颜色都不用，只用深沉的感情这根无形的线，牵动着亿万观众的心弦。

人民给了画家最高的奖赏。《人民和总理》获得庆祝中华人民共和国成立三十周年全国美术作品展览的一等奖。

罗丹大师的至理名言回荡在耳际："艺术家一切的制作，都是他们内心的反映，是对于……人类灵魂的微笑……"

周思聪眉宇舒展了，聪慧的大眼闪烁着明亮的光芒，秀美的脸庞漾起了红晕，嘴角上出现了一弯恬静的微笑。

这是女画家第一次直击人类灵魂的微笑。

魔杖在哪里

学生时代，周思聪开始接触珂勒惠支的作品。一看到丸木位里、赤松俊子夫妇创作的《原爆图》，就被那变形的艺术产生的魅力深深地吸引住了。

为什么生活中看起来"丑"的事物，在艺术作品中却显示出美的力量呢？据说，若是一位伟大的艺术家取得了这个“丑”，就能使它变形，只要用魔杖触一下，当时“丑”便化成美了——这是点金术，是魔法！

那么，这魔杖在哪里呢？

二十年前，荣获斯大林和平奖金的《原爆图》系列作品在中央美术学院展出，天真的中学生周思聪为之震撼，她感到喜悦而又那么陌生，变形的艺术形象是那么美，但对她来说又那样遥远，可望而不可即。

二十年后，与祖国同经忧患的深沉的女画家，第二次站在这举世罕见的艺术珍品前，是在日本丸木美术馆中。她随同中国代表团访日，有幸见到了这组世界名画的作者。

那烧伤的肌肉、弯曲的脊背、绝望的眼睛，简直是黑与白绝妙的交响乐！她再一次感到震惊，却似曾相识，一切受过苦难的民族的灵魂，都会发出这种正义的、悲愤的呼声。

站在《原爆图》系列作品前，一阵难以言状的惊喜掠过，使思聪的心灵微颤着呼唤了一声：“苦苦寻求的魔杖，原来你在这里！”她懂了，和人民水乳交融、对生活深刻的理解，这便是艺术家变“丑”为美的魔杖！

不是吗？1945 年 8 月 6 日，美国在广岛投下原子弹，死于非命者二十六万人，震撼了全世界。丸木夫妇在原子弹爆炸后第三天赶到广岛，他们听到了许多亲朋的惨遇，目睹了成堆的尸体和在死神面前挣扎的人们，亲眼看到母亲抱着孩子死去，而她的婴儿在饥饿中寻找妈妈乳头的情景。艺术家的良心被触动，为了将那令人恸哭的真相告诉人们，为了从此再也不发生这悲惨的事情，两位画家边祈祷，边废寝忘食地赶作《原爆图》组画，他们自己脱光了衣服，边回忆当时的情景边画，男女老少为了和平，自愿去当他们的裸体模特儿……

如果没有亲身经历，如果没有充满对人类的热爱，如果没有对艺术的忠诚，如果没有对和平热切的希望……即使有再高的艺术技巧，也绝不可能产生如此扣人心弦的图卷。

回到祖国后，周思聪开始酝酿新的创作——组画《矿工图》。她去吉林省辽源泰信煤矿深入生活。在辽源这片土地上，日本侵略者掠走了我们无数黑色的金子，同时也埋下了无数同胞的白骨。她接触最多的是老矿工，这些老人是数以万计死难华工中的幸存者。从他们那里可以看到中华民族的苦难，听到我们的民族不甘再做奴隶的呼声。

民族的血液在画家血管里冲腾着。水墨画《矿工图》之五《汉奸、同胞和狗》在全国美展中出现了。作者一改过去惯用的构图方法，尝试在同一画面中表现不同的时间、空间的物象。埋葬矿工的坟场、拉死人的牛车、死难的矿工同胞、骷髅、用铁丝捆绑的骨架、吃死尸的狗、日本鬼子、汉奸，这一切错综复杂，描绘出一幕幕惨绝人寰的场景。

女画家义愤填膺，把在煤矿收集的人物素材画，拿到画院内部展出，想在自己的心弦里听到和音。

对思聪的新作的讨论气氛热烈，众说纷纭：

“周思聪的画变了，变丑了。为什么不能较多地从群众审美观点出发，从生活中选取更美的形象呢？”

“思聪的画在变，写实中带有些变形，矿工变形的脸上刻画着过去和现在的忧伤，从追求表面上的形似走向追求人物内在的美，是创作的新里程。”

对美与丑，思聪有着自己的思考，在探索中找寻着自己的答案。

在欣赏中外名画的过程中，她得出以下的结论：“所有变形夸张，都是出于对生活的感受，没有这种真实感受，是夸张不了的。”

她喜欢珂勒惠支。这个德国女画家的作品清一色以工人生活为题材，尖锐地表现了资本主义社会的畸形、病态，传达了人民的苦闷和惶惑不安的情绪，而且又采取了一种使人震惊的奇特诡谲的形式，有一种“动人之力”。她的《磨镰刀》，那双愤怒而兴奋的眼睛，额前一绺被辛苦的汗水浸得湿透了的头发，以及那两只骨节分明的粗大有力的手，表现了劳动人民经历过生活的百般磨难的瞬间表情，作品显得非常之美。

委拉斯凯兹赋予菲利浦四世的侏儒巴斯提恩如此感人的眼光，使人们看了，立刻明白这个残疾者内心的苦痛——为了生存不得不出卖作为一个人的尊严，而变成一个玩物。这个畸形人，内心的苦痛越是强烈，艺术家的作品显得越美。罗丹的雕塑《老娼妇》，是被人称为“丑”得如此精美的作品。这个妓女从前是那样年轻貌美，现在变得衰老丑陋，她引起人们的丰富联想和深刻同情。米勒笔下的农夫，那被疲劳摧残得半麻木的微喘的状态，也许有人以为是“丑”的，但是画家深刻地表现了被奴役者悲惨的命运，从而创造了艺术的美。

哦，“丑就在美的旁边，畸形靠近着优美，粗俗藏在崇高的背后，恶与善并存，黑暗与光明相共”，语言大师雨果道出了深刻的哲理。不管人家怎样议论，周思聪心里自有一杆衡量美与丑的天平。她不愿画脂粉气十足的仕女图、美人像，却宁愿画疲劳的面孔、拿风镐的手。她宁愿画饱经人世沧桑的老矿工，在他们变形的脸上，记录着几个时代的人生的悲哀，这悲哀产生的艺术力量是巨大的。

“‘矿工图’是个失败的作品，是对‘原爆图’形式上的模仿。”

“我认为此画是个里程碑，一个难得的开端。女画家有男性的气概，表现了内在的强悍，中年人的成熟，艺术上的再生！”

“不管成功与否，大胆尝试，勇于探索，这是艺术家最可宝贵的品质。”

周思聪在众说纷纭中走着自己的路。

“描写这个题材使我痛苦，但是艺术家的良心，要我们必须正视，汲取沦为亡国奴的历史教训，不让悲剧重演。”女画家沉吟着。

谁都知道，我们的民族战胜了无数的敌人，蒙受过耻辱和灾难，民族的形象是雄伟的、深沉的，绝不是纤细的、甜媚的，要画出我们民族的灵魂！《矿工图》组画其他的画幅《王道乐土》《人间地狱》《遗孤》……在画家笔下相继诞生。

周思聪崇拜赤松俊子，崇拜柯勒惠支，崇拜罗丹，但她还是她自己。她说过，不能重复别人的脚印，同样，也不能重复自己的脚印，重复就意味着失败。别人可以创作一座大山，你也许只能创作一粒沙子，但这粒沙子也是珍贵的，因为它是你的，有你的个性。

周思聪没有想过成名，可她毕竟成名了。一个人好比一颗种子。种子的发芽、生长、开花，要从水分、空气、阳光、泥土中吸取养料；一个人的成熟也需要周围的人在精神上予以补充、滋润和发展。经过和千百个无名者互相切磋，艺术家的作品必然更美。因为除了她个人的苦功与天才之外，还包括周围的人以及前几代人的苦功和天才。

女画家的父亲说过，像咱们这样的平民百姓，没人支持是成不了名的。

可惜他去世得太早，不然可以目睹女儿的成功。那么，到底是谁支持了她？

倘若没有故乡淳厚民风的熏陶，没有小学启蒙教师和大学教授的点染，没有邢台农民和辽源矿工那原型的美，周思聪，是不会有今天的。

写于 1981 年

绘画与人

——艺术家王平印象

（一）

王平是一个单纯而深刻的女孩子。来自贵州高原，带着她的上百个陶塑、木雕，在中国美术馆举行个展，一时轰动了全北京乃至全中国。

请看一些名家对这位初露锋芒的艺术家的题词：

艺术女神的夜歌。——苗子

王平同志，你是一个哲学家。——吴祖光

这是我今年见到的最出色的展览。——袁运甫

王平雕塑／妙趣天成／植根中华／无限前程——华君武

艺术之泉／在山里／生命之泉／在家里——吴冠中

王平把我震住了。——谌容

现实生活中的王平，从衣着、表情都透出一种贵州高原的淳朴、明静。她谈起对艺术的种种感受时，那哲学家式的思索着实让人吃惊。我慨叹一个

三十三岁自学成才的青年对艺术、对人生有着如此深刻的见解。她说："我的画展许多人都说成功。什么叫成功？画展的真正成功，是在展览厅里表现出来的一种精神状态。它对于观众既熟悉又陌生。熟悉是因为它具有这个文化圈子里的语言，陌生是大家不知道这种精神状态的存在就是自己这种文化发生的事，他们从中感受到了神秘，又感受到了亲切。"

家人看电视，她刻木雕，手破了，疼得流泪，哭完了再干，干完了再哭；电视关了，她读书；夜深人静，她写绘画笔记。她练过中国画、漆画、油画、版画、雕塑。画起画来，她可以八小时站着不动，水米不沾牙。几十张画贴了一墙，坐下来看，得意又疲倦。哪怕有一点创造的体验，都会使她幸福得发狂，但经常出现的状况是，今天的画明天就被否定了。

王平常有一些独特的感受。六七年前她开始学版画，当她第一次握起木刀，听到刀在木板上发出清脆的割削声时，她震颤了！仿佛这声音不是从木刻刀下，而是从内心深处发出的一种共鸣。当她心里有许多莫名其妙的冲动时，她首先想到去画画。当画好后，她会被自己作品中的神秘惊呆，她心里明白这些是什么，但又说不出画了些什么，以至在很长时间里都无法给自己的作品取标题，直到展出的那一天。

每天早晨醒来，王平都能完整地回顾自己夜里的一个梦，她一直在记录这些梦，她在梦中得到了白天，得到了白天绞尽脑汁无法得到的提示。她几乎相信梦就是灵魂的形象，是灵魂再现的方式。当她鉴赏出土的人类早期艺术品时，她深信出现在石器、陶器上的纹饰、图案、色彩就是人类最早的梦幻，是最早对梦，对第一次潜意识的解释，对梦的形象的描述。她对我说“梦是我每天必读的书，是我对话的朋友”，我感到女艺术家心中隐藏着一种深深的寂寞。

梦幻实际上是一种想象力。王平把音乐、绘画和诗都与她的梦联系在一起。

“我喜欢音乐、绘画，然后才是诗。音乐给我的是一个梦，绘画给我的是这个梦的场面，诗给我的只是这个梦的一句话。”王平的确很富有想象力。她看到一座桥，马上产生一个念头：人生像一座桥。她看贵阳的古建筑甲秀楼，感到它是一场无题的混合交响乐，踏上它会有一种新旧交替的感受。

王平有着极丰富的感情世界，这种奔放的感情是从她的作品、从她的语言及从她的艺术手记中流泻出来的：“我曾经在某个时期，规定自己要创作多少作品。结果发现，当我拿起画笔时，如果我对表现的对象没有产生任何感情，内心没有产生那种亲切的共鸣时，画出来的简直是一具躯壳。

“我拼命强迫自己画下去，可越画得像越感到形象没有灵魂，没有爱。我修补着每一个局部，改得越细，失败得越惨。

“仅仅顺乎材料的自然是不够的，要与顺乎心意的自然相融。你要用你做母亲的心去孕育你的生命、你的爱，让原始古朴的材料透出神秘的话，让每一块泥土都奏出生与死、爱与恨、美与丑的乐章，这就是你的艺术风格。”

我相信，想象力和激情造就了王平。

（二）

王平始终遵循着一个宗旨：“艺术，首先考虑的是人，用绘画艺术来研究人、发现人、创造人，这是我一辈子要达到的目标。”一般女人到大城市都喜欢逛商店，而王平却对街巷中的小茶馆感兴趣。她一坐大半天，听人们聊天，观察各种人的表情和心态。她认为在这种氛围里可以看到中国文化。

王平不喜欢逛公园，认为与其去公园不如去乡下的小河边，或者老乡家。她更喜欢天然质朴的事物。王平跑遍了西南高原。这是一块沉淀着深厚民族文化的土壤，在苗岭，在侗寨，在一切人群聚居的山场、平川，都弥漫着古老民族艺术的浓烈气息。一团泥巴，一块木头，经农民的粗手摆弄，竟会变成扣人心弦的艺术品。他们是王平最好的老师。走到哪里，王平都可能会扛回一个大石头或一个古树的树根，然后把它们变成艺术品。

她观察山村姑娘，发现她们在长期的劳动重压下，鼻孔扩张，嘴唇变阔。于是，她的陶塑和木雕的形象也独具特色。

她考察并研究农民对死亡的态度。发现他们对死亡坦然而超脱，一种默默生存的生活方式决定了他们较为原始的世界观。生活得太苦，死，对他们是一种解脱；再有，他们相信死后还有自己的灵魂，因此，生与死同是喜事。而城市人的世界观和处世态度则不同，他们对于生与死都会感到吃惊和恐惧。

王平曾去陕西的十八个县采风。她研究农民的住房、门的结构和装饰，觉得是一种享受；她从农家妇女的手里收集了大量的剪纸、绣花、泥娃娃、面具、年画，并透过这些民间艺术品，研究农民意识和中国文化的背景。农民靠天吃饭，不像城市人失败了，会寻求社会的支持；农民没有这种意识，他们只能听天由命。所以，他们对神的供奉格外小心和虔诚。观察他们的新房，中间首先是神的位置，有神住的地方后，才能有人住的地方。他们认为把神请到了身边，就有了保障。

王平还研究农民画，实际上是研究农民。农民画的最大特点是不留空白。不管形式怎么变，“满”都是不变的，画树会果满天，画母鸡会蛋满天，画粮食会粮满天；颜色也是“满”的，用饱和度最强的色彩，而不喜欢过渡色。农民祖祖辈辈的生活没有保障，从生活中最细小的事情着眼，他们期望

"满"，一碗满的水，一碗满的饭，"满"代表有，代表好，这是农民的心理状态。

在农民意识中，"双"意味着幸福和吉祥，双喜、双庆、双福；单数意味着不幸、不吉祥，俗话说成双成对，农民的幸福很简单，只要任何一件小事完成了"双"的价值，他们就非常满足。

王平剖析了农民的惰性："这种农民式的惰性，它的外表是原始性，核心是僵化性，中间是狭隘的欲望性。所以，它表现出来的运动是围绕小家的活动，是一种变态的人性。农民为了生存调整自己的心理，排除了人的'欲望'，吸收了动物的'知足'，从而产生了适应他们的生存意识。这种形式为'农民式人性'。"

她剖析了农民意识中的吉祥文化："农民的万元户们赚了钱，当然免不了有点'邪钱'。这头赚了，那头就赶紧捐款，村上盖学校、修路、铺桥，无不解囊支援。对得起乡亲们了，心里仍不踏实，还得为国捐款，抢救大熊猫、修长城都是表现的机会，图个好名声，也图个吉利。"

人们往往忽略这样一个问题：为什么农民画有长久的生命力？王平在笔记中写道："农民的生存条件太差了。所以，越是落后、贫穷、不开化、交通不便的地区，民间艺术越精彩。这些地区识字的人少，上学的人更少，没有书面文化，但他们的生活本身就是文化，一代一代需要总结，通过传说、山歌、画、剪纸、泥塑、刺绣等表现出来，流传下去。这些艺术实际上是无声的历史、无字的文化。”

王平不断地观察着、研究着、发现着，写了大量的艺术笔记：《从拴马桩看农民的诙谐幻想意识》《文化转移后的精神状态表现》《凤翔泥塑的变形及其与文化的关系》《从洛川面塑看中国人的人生哲学》……这些笔记透出她对人生的精辟见解，同时也为她的创作做了积累，使她的作品将现代意识和传统文化结合得极为巧妙。

（三）

研究人、发现人，是为着创造人、启发人。在王平看来，搞雕塑，最痛快的一点，是可以用真刀、真斧雕琢出一个人，一个纯洁干净的人。陶塑《山里的女孩》，嘴唇丰满，半张着，欲言又止，表现人内心的呼唤。陶塑《山里的男孩》，一方面带着孩子气，另一方面有原始人对自然的反省，对自己的信心。浮雕《雨》，躲雨的妇女手和脚都被赋予巨大的夸张，人显得结实、可爱。

面对王平的作品，就像面对着原始生命。它们质朴、无拘无束，要喜则喜，要怒则怒，带着它们的奇思怪想，既自信又可笑。对陷于种种文明束缚的人而言，这是一种生命的解放，是生命在那里说话、活动，让人感动。

她的陶塑、木雕有什么规则吗？重叠在一起的面孔，巨大的手掌、脚趾，变形的鼻孔、眼睛，似乎都没有什么规则，只是这样处理，生命就显得质朴可爱。王平正是这样表现人的。对于最初的生命，手和脚、鼻孔和嘴都是最重要的，它们象征着劳动和生命的艰辛。当手和脚、鼻孔和嘴被夸张地表现出来的时候，就形成生命的张力、生命的耐力，表现出勤劳和朴实。这就是流动在王平作品中的生命美感。

再看看王平这两件作品。木雕《生命》，母体中是胎儿的头、脚，还可见输卵管的重叠出现，显示着一种生命力。陶塑《山里人孕育着希望和幻想》，上面混杂着变了形的人体器官：胚胎、牙齿、大脑、生殖器、脚掌。

在王平的笔记中可以找到这些作品的注脚：现实的生命和生命器官的重叠，是生命的永恒，是生命的自由再现。只有做母亲的心，才体会出它爱的形式和爱中的恨。一看王平的作品，便会感到它们是出自一个女人之手，出自一个母亲之手。王平的作品中糅合着一个女人对生活的种种体验，也体现着一种母亲的情怀。

再来看看陶雕《背篓》，一双慈爱温和的眼睛，似诉似歌的口型，体积和弹性感差异明显的双乳，都刻画在那象征着爱的背篓外围。母亲是可爱而伟大的，她对生活的态度永远是坚韧和乐观的。然而，躺在背篓中和走下背篓浪游的子孙，是否听到了母亲如歌如诉的心声呢？

在西南地区，人自降生到学会走路之前，几乎大部分时间是在浸透着母亲温馨关爱的背篓里度过的。王平说，背篓是人的摇篮。正是这古朴简陋、象征母爱的背篓，哺育了世世代代的子孙。

艺术应该为人们提供想象的空间和启发理想的世界。王平认为："它（艺术）给人们提示的世界，是结合了人们理想中的世界，人们会从观赏它产生的幻觉中荡起无限的生命感。我努力用中国绘画中的线条去诱出观众的潜意识，逼迫他们用自己的潜意识作为推动画面线条运动的能源，而不是采用运动的线条，去安慰他们的情感。所以，在用线时，我主要集中在线的表现力度上，而不是在表现变化上。

"绘画应该充分丰富人们的想象力，它像人的中枢神经，只要发出一种信息，便会产生巨大的力量。绘画可以让人们自由地选择信息，最大限度地展现人的想象力。"

浮雕《牧马人的女儿》，马身和女孩的身体和谐地连在一起，亲切可爱而富有生命力。人是文明和动物的结合，可以说动物性是人生命的更根本的属性。可是，人日益把自己当作思想意义上的"人"，而否定人的自然本质，于是人就干瘪了。

当女孩和马的可爱连在一起的时候，我们身体中那部分被窒息遗忘的生命，便突然被唤醒，在身体中活动起来，一向被人所压抑的原本的生命——生命的动物性得到了肯定和赞美。

这便是王平作品的魅力。在完成《牧马人的女儿》的创作时，王平达到了一种庄严、安静、神秘的意境。牧马人的女儿微闭双眼，嘴角上带着梦幻般的微笑，身后是民间剪纸与现代变形结合的马。整幅作品没有细小的描述，完全笼罩在强烈的神秘的黑白对比中。这就是牧马人可爱的女儿，“她”在想什么呢？

王平又在想什么呢？也许她此刻在想：“每创作一部作品，就是一种新的冒险、刺激，重复几种手法，那只是公式。

“理想性休息对一个创造者来说，对过去的创造是成功的报偿，对新的创造则是思想上的酝酿。创造者进入理想性休息绝不仅仅只是陶醉，他会从中获得新的创造灵感，会让自己达到新的幻想世界中去。”

王平不断地创造着新的境界，这是最令人羡慕的。

写于 1989 年

为农民画家缪惠新画像

在浙江嘉兴的栖真乡，我见到了三十三岁的农民画家缪惠新。

他很平凡，质朴而坦诚，像家乡黑黑的土地和清清的流水。

“我的画就是我想说的话。”他没有画室，坐到哪里，画到哪里，无拘无束，随随便便，火柴盒、甲鱼壳，甚至家中的墙壁都让他涂上了色块；他什么都画，没有教科书，没有范本，想到哪里就画到哪里。天空、流水、石桥、小船、野草、树叶、树根……到处是线条、色块。

家乡的生活给予他太多太多的创作灵感。每一条清流，每一只小船，每一座石桥，每一棵树，都有说不完的故事，看不完的风景。

缪惠新的一幅幅作品很自然地从生活中流淌出来，《乡情》《月夜》《室内》《七牛图》《那边有两棵树》《早上八点》……他像所有的画家那样，品尝了“画画苦，也快活”的滋味。

大约十年前，他去上海金山看了农民画展，便觉得自己也能画。一口气画了五幅，一张版画，四张水粉。拿到市文化馆，老师们竟爱不释手。他的第一批作品里有两幅在浙江省工人农民画展中获奖，《乡情》获一等奖，《七牛图》获三等奖。

中国数亿农民没人能在国家级画廊中举办个人画展，这总不大公平，得争口气。于是，缪惠新借了钱，坐上开往北京的列车。他成功了。1987 年至 1991 年五年间，他在中央美院画廊、中国美术馆画廊、北京音乐厅画廊陆续举办了三次个人画展。

他的《家园》和《乡村》被中国美术馆收藏，《乡情》被中国展览公司收藏，还有二十幅作品远赴美国、澳大利亚、瑞士、瑞典等国展出。

让我们看看他的《乡情》，那是一个农家妇女的背影特写。缠着红头绳的发髻、蚕宝宝、稻穗、月亮……他想到祖母、母亲和所有乡下的女人，她们把一生的爱和美丽都献给了丈夫和子女，却把一生的苦难和辛酸写在自己的生命中。

他画牛。小时候，一到夏天，生产队里的牛就没日没夜地犁地。他画的牛都很悲壮，像他的父辈，一生劳作不息。他画金黄色的稻田，那饱满晶莹的稻谷使他感觉到，那是父老兄弟的眼泪和汗珠。

他写诗。他以诗人的敏感作画，又以画家的爱心写诗。他的诗和画一样，都有打动人心的魅力。

他写过一首献给母亲的诗，其中有这样的句子："我懦弱的心地 / 怎能承受您如此厚爱 / 我要去高高的山岗上 / 筑您永世不朽的丰碑……"他感激生他养他的父母，感激父老乡亲，感激所有关心他的人，正是他们滋润着他的生命。他的创作，他的画笔，不由不听命于他们。

在一次画展的前言中，缪惠新写道：“……种田和家务已使我够忙了，可我仍想画画，因为我欠别人太多了，我想报答。”

缪惠新把对生活的独特感受写进那一幅幅独特的画面中。

有人说，缪惠新和嘉兴地区的农民画是现代农民画。有人说他的画“洋气”。有位意大利画家看了缪惠新的画，简直不相信它们是出自中国农民之手。而缪惠新对自己的画这样评价：“其实，所谓‘洋气’，就是从最‘土’的地方爬出来的。譬如，岸上的东西侧映在水波上，影子就变形了。人疲倦的时候，眼睛花了，一切物体都朦朦胧胧起来，变得抽象了……”

不论夸张变形也好，抽象朦胧也好，人们从这位农民画家的作品中，最终读到的是自然的乡间风貌以及朴素、淳厚的中国农村生活。

眼下，缪惠新期望着在法国办一个个人画展，他心中埋下一个新的愿望：“把中国农民心里的话儿说给世界听。”

大自然是一部书，他才翻了几页。一个更神奇、更迷人的世界正在前方向他招手呢。

我们期待着他的成功，希望他有更多作品面世。

写于 1992 年

逆境中的青年画家张林海

直到我认识他的时候，才体察到人生际遇对人如此之不公平，生命竟有如此悬殊的差异。一种微弱而又倔强的声音，呈现出一种苍凉和悲壮，一如他的画，顽强地表现出山村欲走向现代文明的诗意的悲壮。他，就是从山村走向都市的31岁的残疾画家张林海。

除了画布、油画颜料和挂满墙壁的作品外，张林海在天津的居室中没有更多的物什，窗外的洋房和霓虹灯他视而不见，都市的繁华和喧闹似乎与他无缘。他独自在寂寞的煎熬中与画做伴。

他只爱画画，没有更多的奢望。他能活下来就是万幸。1963年，张林海生于上海市，由于兄弟姊妹多，牙牙学语时他就被送到儿童福利院。五岁时，养父张义元把他带到太行山深处的一个小山村，从此，他成了山娃子。六岁时，一次感冒竟引来多种病魔缠身。他的养父，那位普通的农民，卖掉一半家产为小林海治病。医生说孩子的血得全换掉，事也凑巧，全家人的血都是A型，于是，550毫升血救了张林海一条性命。然而，病魔却在他身上留下了难愈的残疾——一条腿的髋关节坏死了。

他曾被城市所抛弃，但是，他跛行着，又走向城市。不为别的，只为了他心爱的艺术。一个残疾的山里娃能走进都市艺术的殿堂，听来像是天方夜谭，而张林海用他顽强的生命实现了自己的梦想。1980年春，中央美术学院的研究生和河北省邯郸市群艺馆的老师到县里的一个村体验生活，从小就喜欢在地上涂涂抹抹的张林海得此消息，冒着大雪，连夜赶了20多里路前去拜师，从此一发而不可收。为了向名师求教，为了提高自己的画艺，他拖着一条病腿，跑遍了大半个中国，北京、天津、沈阳、石家庄、杭州，都留下了他的足迹。身处险境，忍饥挨饿，露宿街头，他什么都经历过了。终于，他的作品得到了社会的承认。1982年，邯郸市涉县文化馆为他举办了画展。后来，他的画参加了中国第六届美展，组画《佛音》获中国青年版画大奖一等奖，其中有两件作品被上海艺术博物馆收藏。

张林海萌生了考艺术院校的念头。从1982年到1986年，一次次地进考场，一次次地落榜。他没有在挫折面前退缩，也没有向命运低头，整整五年，对于一个穷困潦倒的残疾人，是多么艰难的跋涉！1986年，他的考试成绩在天津美术学院名列第二，谁知竟由于档案在邮寄途中误了时间，被取消了录取资格。他不甘心，奔波于美院、市招生办、全国高教办之间，最后在中国残疾人福利基金会主席邓朴方的过问下，张林海总算成了天津美术学院的一名大学生。

或许，命里注定张林海的一生就要像太行山的路那样崎岖不平。大学毕业后，由于那条残腿，天津市没有单位接纳他。为此，他下决心到医院换了一个人工髋关节，不幸的是手术失败，伤口流脓不止，还欠下一万多元的医疗债务。一无所有的张林海为了还债，以极便宜的价格出售自己心爱的作品。

苦难可以使人消沉，也可以磨砺人的意志。试想，没有工作，没有住房，没有亲人，偌大个城市，几乎无立锥之地。有时，他真想就这么去了。可是，他觉得对不起收养他的父母，也难以割舍自己苦苦追求的艺术。

就在这时，素不相识的天津裕城国际大酒店的总经理向他伸出热情扶持的双手。为了帮助他治病，总经理向单位的职工募捐，又为他提供了住房和绘画条件。于是，裕城大酒店的客房中出现了张林海的一幅幅充满明快色调的风景油画，他开始潜心于创作。唤起他灵感的是童年的生活，画的大多是他熟悉的山村。

他正处在现代都市和遥远山村的交汇点上。窗外是林立的高楼和喧闹的车流，心灵中却有浓浓的古老山村的寂寞、封闭、凝重，石头一般的沉默。他的画布上蕴含着时代的撞击，却是以他自己的方式。似乎千百年来与世隔绝的山民们，从未停止过对外面世界的期盼。张林海正是这样怀着期盼一步步艰难地走向城市、走向现代文明的。

我想，不用太久，他心爱的山村也会跨入现代文明行列的。

写于 1994 年

用生命作画

——我所认识的画家赵以雄、耿玉琨夫妇

我从未遇到过这样的画家，生活在现代化的大都市，却没有手机，没有传真机，不会用电脑，以至于与他们联系都相当困难；住在郊区画家村的别墅，家中没有一件像样的家具，所有的房间几乎都堆满了他们的画作，那是他们20多年围绕丝绸之路创作留下来的“宝物”，是他们艺术苦旅的见证，是他们生命的全部。他们固守着清贫，固守着寂寞，对于现代大都会，他们是陌生的、疏远的，他们的心留在了风沙大漠的古道上，这就是我所认识的年近七旬的画家夫妇赵以雄、耿玉琨。

选择丝绸之路

1975年秋，丝绸之路研究在中国还是冷门。中国历史博物馆邀请赵以雄绘制一幅表现天山的油画，他利用去天山写生的机会，做了第一次丝绸之路的考察，西域风情、大漠和雪山风光、古老的驿站、洞窟、佛寺、古寨令画家激动不已。回京之后，赵以雄便计划着和妻子共同进行第二次考察。他们做了大量的准备工作：到中国历史博物馆向沈从文先生、史树青先生请教；到图书馆查阅有关丝绸之路的中外文献，从而确定以汉唐两代为重点，收集研究东西方文化和贸易往来的有关资料；向中央美术学院常任侠教授求教，研读东西方艺术交相辉映的历史，以及佛教艺术的发源地和传播的途径。他们晓得，选择围绕丝路作画，就是选择了一条历史和美术相交融的路，以古迹为题材进行创作，需要艺术家的眼睛，更需要史学家的头脑。

一旦决定了的事就不再回头。自 1975 年以来，他们沿丝绸之路，沿长城、黄河、长江、大运河，进行了 18 次写生考察，足迹遍及丝路南、北、中诸道，环行了中国最大的沙漠——塔克拉玛干沙漠，三次访问两河流域的亚述、巴比伦、乌尔等地。

在新疆的大漠，他们靠脚步丈量丝绸之路，冒着近 40 摄氏度的高温，一天三顿凉水泡馕，两个人抬着画布和行囊，像是两个朝拜的苦行僧，却走到哪里，画到哪里；又像极了两峰负重的骆驼，在风风雨雨的丝路上跋涉。吐鲁番骄阳似火，塑料鞋几近熔化，皮肤被强烈的紫外线灼伤，爆起了一层水疱、一层皮……而最美的风景往往出现在人烟稀少的绝境，《火焰山》《突厥石人》《哈纳斯湖》，一幅幅雄浑、厚重、大气的丝绸之路专题写生创作诞生了。

自驾车的创举

终于可以不再用双脚行走了，不再坐颠簸的拖拉机了。

1986 年，赵以雄 52 岁那年考下了驾照，然后花 2.2 万元以优惠价买了一辆银色的北京吉普，这成了他们艰苦跋涉旅程的好伴侣，画家夫妇将其昵称为“银驹”。

这一切努力自然是为了在有生之年走完丝绸之路全程。1989 年秋，他们自己驾车，由北京出发，越过帕米尔高原，沿印度河顺流而下，直达入海口的卡拉奇，接着穿过伊朗高原、亚美尼亚、安纳托利亚高原，到达黑海岸和地中海东岸。完成了以长安为中心，东至京都奈良，西达伊斯坦布尔的陆上丝绸之路的全线考察。

1991 年 8 月，他们再次自驾，沿丝绸之路偏远之道，沿着张骞、法显、玄奘、鉴真、马可·波罗、徐霞客的足迹，考察了长城内外、江河源头、青藏的香料之路、云贵川的茶马之路以及海南岛、两广、江浙闽东“海上丝绸之路”的港口、杭嘉湖蚕桑丝绸胜地，再沿京杭大运河从杭州到北京，历时 760 天，行程 3 万公里，这是继自驾汽车全线考察丝绸之路之后的又一壮举。

这其中的艰难险阻可以想见。有道是“蜀道难，难于上青天”，赵以雄夫妇曾开车在蜀道上行走，大约是路过四川省广元市附近吧，一边是大山，另一边是古代的栈道，在这种窄得出奇的路上行走，真是捏着一把汗。途经云南的怒江大峡谷，爬一个坡要半天，下一个坡要半天，车况不好，翻一座山，要走一天。

出国采风，仅护照和签证就办了四年，更不要说开车奔赴遥远的目的地了。

赵以雄告诉我，有一年深秋从北京开车出发，到巴基斯坦用了一个月的时间，其中 9 天是修车，由于路况不好，加之天气恶劣，一会儿是风挡玻璃让飞来的沙石打破了，一会儿是电瓶坏了，发动机坏了，水箱坏了，幸亏沿路有部队兵站的支持。赵以雄以一天驾驶 18 个小时的记录赶路，他们必须在 11 月底前赶到，否则由于天气的原因，巴基斯坦就封关，不让入境了。

闯过生命禁区

我问："你认为丝绸之路最难的是哪一段？"

赵以雄回答："穿越 5000 米海拔的唐古拉山，都说那里是生命的禁区。1982 年我走到西宁，才海拔 2200 米就病倒了，后来没有把西藏列入计划。可是我不甘心，不愿在丝绸之路留下空白。"

1989 年，赵以雄夫妇开车到了格尔木后，驻军部队后勤部的政委派车把他们送到唐古拉山兵站。战士们看到赵以雄的手直哆嗦，嘴唇发紫，连忙送他们到房间里歇息，喝葡萄糖水。赵以雄缓过来后，站在窗口，画了一幅唐古拉山的写生。

我问："你是否想到过死？"赵以雄说，一旦选择了这条路就要面临生死的问题。海拔太高了，不要说年龄大的人，有的战士一觉睡下第二天就没有再醒来。唐古拉山的海拔令赵以雄很难入睡，睡一会儿，就醒了。他有一度听不到耿玉琨的气息了，是不是死了？他想过，如果她死了，他将把她绑在副驾驶座上，拉着她走完丝绸之路。

就这样，他们冒风险爬上世界屋脊，闯过了生命禁区，越过帕米尔高原，沿印度河谷缘崖而下，直达佛教艺术的发源地白沙瓦——古代的犍陀罗国的首都。他们到过交战状态的阿富汗边界开伯尔山口，在兴都库什山和塔克希拉寻找玄奘走过的小道和讲经的寺院；他们在位于印度河河口左岸的巴基斯坦最大的城市卡拉奇，看流浪艺人弄蛇耍熊；他们入境伊朗，顶着卢特沙漠的狂风来到伊斯法罕的王宫清真寺；他们去伊拉克正赶上战乱，还天天到博物馆去观看乌尔、巴比伦、亚述古文化和伊斯兰的文物陈列；他们在黑森林里参加了土耳其人的婚礼，经过艰苦的旅程来到昔日东罗马帝国的首都拜占庭——伊斯坦布尔，然后越过欧亚大桥，绕过金角湾，终于到达丝绸之路西方的终点。

收获季节

20 年 50 万公里的丝路漂泊，赵以雄夫妇用汗水和毅力创作了5000多幅油画，写下了数百万字的考察笔记，拍摄了几百米的胶片和大量录像，出版了3本画册和丝路考察系列《求索集》。他们的作品入选中国美术馆大展、法国巴黎沙龙大展、日本东京个展，参加了巴格达艺术节……同行评价说：“仅仅说他们是丝路画家是不够的，他们同时是丝路文化的研究者。他们的画不仅仅是表面的色彩和地域的风情记录，还有更深的文化可读性，更深层的历史内涵。”

他们考察了丝绸之路全程的文明遗迹，从敦煌到克孜尔到犍陀罗古国的佛教壁画和雕刻。他们用两年的时间废寝忘食地整理流失域外的新疆地区的壁画，当他们把画稿拿给叶浅予、吴冠中看时，先生们感动了。他们还临摹了近千件山东武梁祠的画像砖，他们视这些功课为修身、治学的必经之路。

20多年来，赵以雄夫妇耗尽了家产，两鬓斑白，但他们无怨无悔，而是以有幸成为中国最早进行“丝绸之路”专题创作的画家而自豪。他们没有虚度年华，是中国美术界唯一全线考察了国内外丝绸之路的画家，也是拥有作品最多、资料最丰的画家和学者。

作于2004年

朱铭美术馆一瞥

原以为朱铭美术馆只是坐落在山林中的一座陈列画作的展馆，想不到它竟是一座偌大的公园。

宽阔的户外空间和零距离的展示方式，令人耳目一新。穿梭于艺术品和绿地之间，感受人文和大自然和谐相处之美，简直是一种难得的享受。解说员告诉我们，观众往往举家前来，一家人在公园里可以游乐一天，既可以欣赏艺术，也可以坐在长凳上休闲。园内艺术交流区、露天咖啡座、亲子涂鸦区、人间广场、艺术表演区等设施，会让你感觉200台币一张的门票很值得。在美术馆的进出口处，有小吃部，也有卖纪念品的小卖部，太极铅笔、朱铭画作雕塑造型的冰箱贴、印有画家作品的T恤和书包、朱铭雕塑缩小版作品，开价从几十台币到数万台币不等，巧妙的经营意识处处可见。除了寓美于乐的特色，这家美术馆的另一特色是与观众互动，它设有“艺术长廊”，一些大学生和中学生，经过申请，便可以把自己的画作涂在长廊的墙壁上。这些壁画看起来稚嫩，但兴许会诞生未来的画家呢。

朱铭最初买地整地，只是为了解决大型作品的存放问题，结果发现矗立在绿地中的雕塑别具韵味，就这样引发他打造一座公园式美术馆的决心。他毅然担起所有工程细节，历经12年的努力，终于在1999年9月19日，将朱铭美术馆写进中国台湾地区的艺术史。

朱铭从15岁开始，向庙宇雕刻师李金川学习传统雕刻技艺。在近三年的学徒生涯中，练就了纯熟的雕刻技法，打下了良好的基础。20岁出头，朱铭已是家乡颇有名气的木雕师傅，但他并不满足，在20世纪80年代初又到美国寻求发展，逐渐由传统艺术跨进现代艺术的领域。

美术馆蕴藏着今年67岁的画家毕生的创作和对艺术的执着追求，而时间有限，我们只能在最短的时间内阅读最精彩的篇章。最先映入眼帘的是“三军”系列，与真人同尺寸的一队队着迷彩服的陆军军人在爬坡，有的因受伤拄着拐棍，他们的形象并不高大威猛，甚至颇有些“动漫”效果；海军，以钢材构成规模宏伟的大型军舰，最引人注目，而穿着白色海军服的水手人像排列其中，呈现出雕塑空间量感和虚实的变化；空军，以拟真的IDF战斗机雕塑，配以生动姿态的空军人像，呈现叙事性雕塑的情境。而本人以为，正是朱铭先生诙谐的动漫风格，令画家手下的抗战英雄更贴近百姓大众。难道不是吗，不少游客都兴高采烈地与“英雄”们合影呢。

不少无头的用不锈钢板拧折出现代意味的人像，坐在公园的长椅上，等着与游客拍照。朱铭横剖自己生存的时代，在陌生的城市孕育出另一个系列——“人间”系列，在纽约首次发表。

现在，在美术馆内，大大小小，扶老携幼，朱铭的“人间”已成了“小宇宙”。正如他自己所说：“人间系列乃是人间百态的抽象表达。”你会发现各种材质的作品，有木雕、石雕、陶塑还有铸铜、不锈钢，呈现出截然不同的效果。材质的多样性，是画家对自己的挑战。朱先生是一位想象力丰富并且不断向自我挑战的艺术家，在各式各样创作材料的尝试过程中，借由材质的变化来磨炼自己。他认为，每一种材质都有其无法替代的特性，需要用不同的工具和方式与材质沟通。他说：“我的个性就是不愿意重复，喜欢创新。”

在太极广场，一些“庞然大物”是对太极粗线条的勾勒。朱铭“太极”系列的发表受到国际上广泛的肯定。朱铭先生学习太极拳多年，在对太极精神的领悟与纯熟的雕刻技法双重配合下，“太极”系列作品充分表现了太极拳所强调的内蕴的气和外显的势。

相比较而言，我更喜欢朱先生近年创作的“民生百态”系列。无论是展览馆中艳丽的彩雕，还是庭院中俏皮的铜雕，都充满了生活气息，让人油然而生一种融入其中的冲动。最让人叫绝的是“排队”的群雕，一些打伞的芸芸众生，让人感到那么亲切。艺术家特意留了一个空位，游客可以站在那里，与它们合影，于是，游客也成为它们中的一员。

与民众同乐，而不是孤芳自赏，这是朱铭的创作理念。表现人生百态，是他认为最贴近现代生活并且能毫无束缚地进行创作的主题。

写于 2005 年

宋庄：一个重要的文化符号

宋庄原本是北京通州区一个偏僻的小镇。长期以来，这里民风淳厚而贫穷、寂寥，少人问津。1995年起，一些画家、艺术家陆陆续续迁来居住，如今已有数百名。也许是他们看中了乡村的宁静和房租的廉价，抑或是被淳朴的民风和包容性所吸引，总之，他们在这里找到了一片乐土。他们来自不同的背景和不同的地域，操着不同的方言，坚守着不同的韵味，散居于农户中间，共同分享着这里的阳光、泥土和空气。一个画家群落渐成气候，令宋庄的色彩丰富起来。他们在艺术上所取得的成就和特殊的生活方式，构成了一道道独特的人文景观，宋庄随之声名大振，成了远近闻名的“画家村”。

“画家村”也是一个小社会，画家作为一个群体，他们各自有着不同的希望、梦想和价值判断。到此实现画家梦者有之；固守自己的创作而不屑于向金钱低头，拮据到一时连电费都付不起者有之；根据市场的需求，为画商成批量复制“产品”以维持生计者有之；把这里作为自己生活和创作基地者亦有之。有些画家作为当代画家的代表已经从宋庄走向世界，多年来频频出现于一些重要的国际大展并传来成功的佳话，画价也随之飙升，成为宋庄画家中先富起来的人。在圈内颇有知名度的评论家高晓军告诉我，目前在宋庄，画家贫富不均，生活也拉开了档次。在村里自己盖小别墅的，是先富起来的，他们中有些人已周游世界，但这毕竟是少数，大多数人还都在默默地奋斗，其实，他们才是宋庄画家的主体。

在宋庄，我遇到了老教授李伦。他在山东的一所艺术院校退休后，在宋庄小堡村租了一个农家小院，和夫人共同作画。房间里摆满了他昔日的油画风景写生，也有在宋庄创作的，色调明丽了许多，这或许应验了他选择宋庄的目的："应该在更新更现实的艺术实践的底层去寻找和体验新的时代精神，要在此找到新鲜的感觉，设法改变自己的画风。而只有求新求变，才是艺术生命力之所在。"

曾经移民到意大利生活了 5 年的中年画家高炀，归国后在宋庄租了套大院落定居下来。问及为什么选择宋庄，他的回答是："宋庄是个符号。我在意大利作画，人们都问我，是宋庄来的吗？你看，这就是证明。"

如今的宋庄，画家们恪守着兼容并蓄的生存理念，自由而不闲散，平和而不颓废，充满着创作的激情和活力。画家村，就像一所大学校，人们在这里自由地交流，自由地创造。无论男女老少，无论名气大小，都能在一个平和而热烈的氛围中从事自己独特的创造。评论家高晓军深有感慨地说："今天的宋庄之所以如此令人神往和富有魅力，完全由于她的蓬勃生机和开放自由的感召，完全由于乡村的宽容和时代的进步。"

宋庄已经大变，这里画室林立，已成为京城主要艺术活动区域和艺术创作基地之一，买画的、旅游的、参观的、采访的，络绎不绝。开明的宋庄人，在接纳不同流派的画家的 10 年中，逐渐意识到画家是宋庄的宝贵财富，艺术家们在新崛起的文化产业中充当了重要的角色。2004 年，上任伊始的宋庄镇党委书记胡介报，提出了"文化造镇"的口号。去年 10 月在宋庄举办了首届中国宋庄艺术节，也是在宣扬他"用现代人的智慧去造一个未来的文化名镇"的理念。他说："宋庄的艺术家需要良好的、自由自在的创作环境、创造空间，我们已经为他们的需求提供了条件。这些艺术家都是自由职业者，他们需要沟通，需要组合，也需要广泛的交往，我们成立的当代艺术促进会，就是要提供这样的平台。"

小堡村位于宋庄镇的核心区。在那里，中国当代艺术异军突起，艺术家、批评家邻屋相住，画廊建设、画作展览、作品拍卖等活动，此起彼伏。

宋庄给人的印象是平和而富裕。开车从城里到宋庄，都是宽阔的柏油路，而且又从镇里铺向各个村庄，它的气派让人对宋庄的富有浮想联翩。

宋庄的农民则成了最大的赢家。小堡村的李学来具有双重身份，既是宋庄艺术促进会的副会长，又是小堡村村委会的委员。谈起小堡村的变化，他情不自禁地打开话匣子：“小堡村的农民享受到了文化产业的实惠。现有画家216人，定居的40人，租房的176人。画家来了，人气来了，商气来了，农民收入也增加了。不是吹牛，小堡村的年人均收入一万三呢！才503户、1367人的小堡村，去年向国家上缴1430万元税款。10年前，买一个农家小院不超过1万元，现在少说也要10万元；过去租一个小院月租金300元，现在少则500元，多则数千元，仅此一项，全村农民年收入120万元。1994年我们村只有4个小卖部，现在有超市8家，饭店46家，画廊6家，美术用品商店4家。画家村带动了相关的产业，眼见着小堡村人一天比一天多，房价一天比一天高，展览一天比一天火。周边的麦田已经变成了宽阔的柏油路和热闹的商业街。过去小堡村是宋庄最穷的，大姑娘都留不住，现在我们村的经济在镇里首屈一指。”

与此同时，画家群体对小堡村的公益事业和文化建设也做了许多贡献。例如集资装路灯，画家自愿捐款1.2万元；修路，画家捐款2万多元；在画家们的支持下，村里建了两个面向全国培训艺术人才的基地；更令人骄傲的是，在画家无偿的辅导下，村里有两个农家孩子考取了中央美术学院等艺术院校。小堡村的干部们明白，艺术需要环境，需要与之配套的各种建筑物。去年他们开发了400亩地筹建艺术家园区，一边自筹资金，一边招商引资……种种信息，都令人兴奋。

宋庄越来越多的农民参与到文化产业中。“韩燕画廊”的主人靳栩，就是一位有远见的村民。进入小堡南街76号可以看到，他的画廊中展示和推介了一批宋庄画家的作品。他说他甘愿为艺术家和收藏家服务，使自己的画廊成为“艺术的物流仓储”。靳栩还打算扩大自己的产业，想在艺术园区购买10亩地开办更大的画廊，可资金短缺，眼下正为寻求合作伙伴着急呢。

在首届宋庄艺术节上，一些外国艺术家闻讯而至，这在十年前是不可想象的，证明了今天宋庄在国际上的知名度。如同法国的巴比松、美国的苏荷、德国的达豪和沃尔普斯韦德一样，宋庄因聚集了众多的艺术家和异常活跃的艺术氛围，已经引起国内外艺术界的极大关注。

是的，当艺术成为一种产业，并得到政府的引导和扶持，宋庄的当代艺术一定会呈现出新的发展态势和美好的前景。若干年后，宋庄或许会以世界文化名镇的姿态惊艳亮相。我们有理由期盼。

作于2006年

“小孩主义”

——孟晓云少年儿童题材创作中的精神意蕴

李京泽

用孟晓云自己的话讲，画家是她的“第三种身份”。的确，我们所熟知的孟晓云是一位著名记者和作家，因此，她的画令我惊讶：她的这个“第三种身份”，并不比前两个身份逊色！也许是一种机缘吧，我有幸见到她的大量画作，深知她以其天赋、热忱和执着涉猎了众多题材。但是，最让我眼前一亮的则是她以儿童为题材的作品。我喜欢将这些作品统称为“小孩系列”。它们给我的第一感受是“清新”。回味这种感觉，我很快发现，这种“清新感”不仅来自题材本身，也不仅来自画面的形式构成，而是来自这些作品的内容与形式的与众不同的呈现方式。

在西方绘画史上，以儿童为正面题材的艺术创作，可以说是伴随着“圣母子”题材的流行而大量出现的。在婴儿耶稣的再现中，儿童总是被赋予了“神性”，而常常呈现出远超年龄的“早熟”。随着艺术的世俗化，真正呈现出儿童面貌的作品开始在肖像画和风俗画中大量出现，而其形象的最直观特点常常是引人怜爱的甜美。说得武断一些，其目的就是取悦观画的成人观众。另一种常见的类似绘画则是女画家中比较流行的“母与子”题材。艺术家主要希望表达的是母亲对孩子的爱，而母亲常常是这类绘画中的主体。我们可以看到，在传统作品中，儿童的身份要么是让渡给一种神性，要么是被观看他的成人建构，要么就是母亲关爱的对象。总之，儿童是被动的、从属的。绘画上的表现实际上是社会对儿童的认知的一种反映。事实上，直到19世纪末，心理学家让·皮亚杰才开始严肃地对待儿童的精神世界。但即使皮亚杰也并未肯定这个世界。也许只有瓦尔特·本雅明才是一个真正的例外——后者看重儿童世界那富有创造性的想象力。而在艺术中，能够在儿童形象中真正体现出儿童主体性的作品同样是凤毛麟角。因此，孟晓云的“小孩系列”作品就显得尤为可贵。

在这一系列作品中，大部分都是一个小孩头像的满幅特写。在中国油画中，从罗中立的《父亲》开始，这种极具视觉张力的满幅布局开始多见，但是很少被用在儿童题材上。事实上，首先在画面空间布局上，孟晓云总爱让儿童占据主体。这一点在大型创作《红军幼儿园的孩子们》中体现得尤为明显。儿童近乎是顶天立地的，高处的天空、远处的山林，都只作为背景占据画面的最上端。画家有意拉近镜头，突出前景。对于画前的观者来说，他们会很容易感受到画家与对象之间的平视关系。不像一般的“母与子”题材的作品，孟晓云的画中常常没有母亲的形象，她仿佛在以一个普遍的母亲身份，呼吁着所有人和她一起“蹲下来”，平视着孩子。这种极具平等意义的平视，在表现儿童的作品中是极为少见的，可能是出自她作为一位报告文学作家的独特视角。除此之外，画面最中间、最靠前的孩子，双手插兜，转头将目光投向画外，是唯一不迎合画家凝视的孩子。然而，无论他的位置还是动作，都自然地使他成为观者最关注的形象。孩子们都对目光有所反应，而这个形象是幅度最大的——甚至是一种拒绝。从这种意义上讲，这个不与观众对视的孩子也许是“小孩系列”中最经典的形象。孩子的动作阻断了观者的消费目光，使得观者必须以更加内省的态度看待这些孩子，从而注意到孩子们的主体身份。

这里，不仅是画面的结构布局，画面的细节表现也使得观者感受到全新的与儿童的交流体验。与《父亲》高度的三维写实不同，孟晓云很善于运用平面的、极具绘画性的笔触，寥寥数笔勾画出典型细节。这种叙事的敏锐让人想到了她的另外两个身份——作家与记者，而这种充满生趣的视觉风格似乎又正与儿童的天真相契合。更重要的是，精心安排的笔触却制造出简阔的画面效果，在保留使观者留下深刻印象的表现力的同时，也避免了甜俗的形象，不会使观者陷入快感之中。我们常常说，艺术典型是个性与共性的完美结合。孟晓云达到了这种效果。她鲜活的叙述技巧使得每一个孩子都独具个性，但是表现主义的画风又使得每一个形象都不仅仅是一个“具体”的孩子。不去看解说词，我们会直观感受到他们都是体现出儿童“共性”的孩子。

在孟晓云的大多数儿童题材作品中，这个“共性”的儿童形象再现的是一个离现代都市文明较远的孩子。画家对他们的关注不仅仅是出于道德的怜悯，甚至也不仅是艺术上绘画性的需求，而是出于精神上的价值诉求。没有被现代都市文明所遮蔽的儿童是艺术家心中儿童的真实本质。与之相应，孟晓云的“亲爱的小孩系列”不是已经模式化和浪漫化的儿童天真形象——后者带给我们的感受只是一时的愉悦和最终的熟视无睹，更不是网络上经常传播的那种当代图像——这些图像常常是吸引人进行其他消费的钓饵，而是真正具有主体性的儿童形象。这些绘画的目的是试图总结我们这个时代的“真正”儿童，引导我们直接关注儿童的本质，让我们看到艺术家与儿童分享的救赎力量——也就是还未被物质欲求支配、被成人世界管制的创造力量。

富有洞察力的读者一定感觉到了，标题中所谓“小孩主义”是对“女性主义”的戏仿。当今很多女性艺术家总爱在作品中表现出对女性身份的关注，但她们的这种表现不仅常常是极为个人化的，有时还恰恰呈现出了父权制的模式。对女性气质的高扬，不应仅仅是提升女性地位，不是要建立一种女性统治来取代男性统治。比起女性，在权力上，儿童似乎更像是弱者。孟晓云的这些儿童题材作品中对他者、“弱者”的主体性的尊重与包容，迥异于男性的征服和占有，恰恰体现了一种真正的女性气质。在这里，艺术家与她所表达的对象都体现出了一种对消费的拒绝——不管是被消费还是去消费他者。这样，在对儿童精神的挖掘中，艺术家也挖掘了自己作为女性的精神世界。来自儿童、女性、艺术家——也许还包括作家与记者等不同身份的声音，共同在画面上汇聚成我们这个过于强调竞争与消费的社会所缺失的一种价值话语。这样的作品、这样的艺术家在当代艺术中都是不多见的，因此也就显得弥足珍贵。作为一位文学界、新闻界知名人士，孟晓云如今又踏入油画领域，并且在人物画上取得如此成就。这在当代艺术界可以说是首开先河！正因如此，我们不仅期盼着艺术家带来更多对儿童形象的再现——例如现代都市景观中的儿童形象等，我们也期待着艺术家的成就能激励更多人踏上这条“跨界之路”。

（作者系中央美术学院人文学院艺术学博士、
中国政法大学人文学院副教授）

后 记

跨界之旅：遇见一个新鲜的自己

孟晓云

幸福很简单，一辈子能做自己喜欢的事。我很幸运，少年时最想做的是记者，结果如愿考取中国人民大学新闻系，前半生一直当记者；喜欢绘画，退休之后一直没有停下画笔。

生命有许多可能性，退休之前一直被两种身份牵扯着：人民日报社记者、报告文学作家。这是"你中有我、我中有你"的双重身份、两种生涯。作家当好了，做记者必然有独特视角和细腻观察；做记者出了彩，自然会令文学作品更具深刻性和影响力。

现在，又多了一重身份——油画创作者，或许离画家还有几步之遥。从画第一幅画起，我就清楚地知道，我对这个世界多了一种表达方式。

初步掌握了明暗关系的对比和空间光影的处理技巧，由此产生了新的思想方法，获得一种新鲜的视角，就像艺术家一样看待事物，审视生命，欣赏生命，从而在绘画的过程中体验和丰富着自己的人生。这，就是绘画的魅力。

离开工作岗位，我从没有过寂寞，因为“丹青伴我”，令我感到充实和满足。当自己拿起画笔之后，对以前家中挂的画开始挑剔起来，地方不大，就挂自己的吧。当我把临摹的凡高、列维坦的画作及自己创作的《欢乐的游乐场》《青春期的自拍》挂在墙上时，有一种满足感，同时还可以发现不足，再做修改。就像写文章一样，一天不发表，就要不断地修改。好在油画与国画不同，可以反复覆盖。

对绘画的热爱源于孩童时代。从小学到中学，只要美术馆有画展，我就背着一个画夹去临摹。初中放暑假，在家门口坐在小板凳上给邻居的孩子们画像，住宅区的小朋友居然排着队让我画，这或许算是最初的写生吧。记得当时我延误了北京市少年宫绘画班的考试，拿着自己的画作去，老师居然破格录取了我。初中快毕业时，美术老师劝我报考美院附中，但家长和班主任都反对，说我是北京师大女附中全校的作文尖子，考重点大学没有问题。我自己也没有坚持。于是，当画家的梦就这样被“扼杀”了。

参加工作后，远离了绘画，生活被采访和写作填充着。在漫长的岁月中，偶然看一次画展，就会在心中荡起一波涟漪，激发我写作的灵感。出于骨子里对绘画的热爱，20 世纪 80 年代初，我写的第一篇报告文学《灵魂的微笑》的主人公就是中国著名女画家周思聪；从 20 世纪 90 年代起，我曾在报纸发表了一系列关于画家的通讯，分别是农民画家缪惠新，石画家杨中有，画家赵义雄，耿玉琨夫妇及中国写实画派的领军人物艾轩……没有谁布置，这些选题却那么自然地一个个跳入我的脑海。

2008 年，我终于可以拿起画笔，而且一发而不可收。一画就是十多年。我是一个认定了一件事就会坚持做下去的人，而且要做到极致。这或许就是命运的安排，重拾旧梦，也算是不忘初衷吧。

我专攻架上油画，给自己的定位是妇女和少年儿童题材。曾记得，20 世纪 80 年代我写了大量的中学生题材的报告文学，其中《多思的年华》获全国优秀报告文学奖，在中学生中广为流传，这些作品被称为“少年视角”。我不自觉地将这种少年视角引入了油画创作，我的成名油画作品《汶川地震儿童档案》和“留守儿童”系列、《青春期的自拍》就是最好的例证。某种意义上这也是我文学生涯的延伸。

有位评论家写道：“由于作者的记者和报告文学作家的两栖生涯，使她的绘画更接近于写实，因而常常聚焦于贴近生活、贴近民生的题材。发表在《人民日报》、《人民日报（海外版）》及人民网上的油画作品，完全是从青少年的角度展开描绘的，非常真实，从孩子的身体出发渐渐地触及灵魂。大幅油画创作《最后的乳汁》《期盼的窗台》《白血病女孩的芭蕾》《红军幼儿园的孩子们》等都给人留下了深刻的印象。”

年轻的美术评论家李京泽近年写了一篇评论《小孩主义》，他认为我对少年儿童用的是少有的平视的视角，他在评论中写道：“孟晓云的油画作品中常常没有母亲的形象，她仿佛在以一个普通的母亲身份，呼吁着所有人和她一起‘蹲下来’，平视着孩子。这种极具平等意义的平视，在表现儿童的作品中是极为少见的，可能是出自她作为一位报告文学作家的独特视角。”

我边绘画，边写了一些绘画笔记，摘录一些与大家共享：

“2008 年 8 月开始动笔，在汶川地震一周年之前完成了由 49 幅地震儿童众生相组成的巨幅装置性油画作品。

“从清晨到傍晚，我像是一个工匠，用铅笔完成一幅幅孩子的素描草稿，再用颜料完成初稿和改稿。紧迫感给予我挑战的兴奋，我也从中获得了快乐、幸福和满足。”

巨幅装置油画《汶川地震儿童档案》一炮打响，2009 年 5 月 13 日，以整版彩版在《人民日报（海外版）》推出，2016 年这幅画被“5 · 12”汶川特大地震纪念馆收藏。

“2009 年在美术学院油画系教授李伦先生画室进

修了一段时间，专攻风景画。我深知素描功底是需要千锤百炼的，而我已没有那么多时间按常规出牌了。吴冠中大师不是也说过，绘画过程中必然有明暗关系，画得多了，自然也就掌握了。看来，我只有在绘画的过程中补习素描了。

“2010年有几个月因为皮肤湿疹，没有画油画，恶补了一段素描，临摹了大量的大师的素描局部稿，以俄国画家费欣的人物素描为主。

“大夫让我油画先停一段，我就画素描和丙烯画，后来，实在忍不住了，托朋友在外地买了纯棉薄手套，戴着手套，开着窗子，总可以了吧。我才意识到，绘画于我，不是消遣，而是生命的一部分。

“塞利格曼认为，当一个人的强项发挥到最好的时候，会进入一种‘流’的状态。‘流’经常发生在独自的创造性活动中，比如画画、写作、照相……‘流’的关键是，一个清晰的挑战，占据你全部的注意力，你有能力接受挑战，并且每进行一步都会得到及时的反馈。每一个乐章，每一笔素描，每一步棋，都会给你积极的感悟。

“我享受绘画的过程，愈来愈发现，结果或许并不重要。

“我不停地画，用兴趣盎然、走火入魔形容一点也不过分。或许是对儿时梦想的追寻，或许是这种忘我投入所收获的幸福感使然。后来，当一幅幅油画创作出来，让我有了一种成就感。让我相信人的潜力是无穷的，应该承认，兴趣和迷恋是我坚持的动力。

“有位文艺评论家在文艺报上发表了一篇名为《在文学中传播安详》的文章。他说：‘任何作品，它打动读者的无非是真善美，无非是温暖、崇高和关怀，说得形象一些，就是能够撞击到读者心中最温柔地方的文字。’”绘画和写作不是一样吗？

有人称我的报告文学充满暖意，保持童心，我的绘画作品也如是。因为，贴近读者观众，贴近生活和现实，这是我数十年如一日的追求。

就这样，退休后我找回了儿时的兴趣——绘画，开始了跨界之旅，从零基础开始。2013 年，上海人民美术出版社为我出版了一本画册《孟晓云画集》；2015 年，在北京新闻大厦艺术馆举办了我的个人油画展。

我想说的是，只要做自己喜欢的事情，并持之以恒，任何时候都不晚。一切皆有可能，不是吗？

绘画让我发现了人生的另一个舞台、另一道风景，令我的生命焕发出别样的光彩。于是，我遇见了一个更新鲜的自己。